# Sommaren när morfar slutade supa

Detta är en bok i projektet "Ur skrivbordslådan".

Förutsättningen för den här utgivningen är att författaren själv svarar för sitt material och ansvarar för korrekturläsning och innehåll.

Förlaget gör ingen bearbetning av författarens material.

POEM förlag



Produktion: POEM Förlag, Arvika.

www.poem.se

Tryck: One Digitaltryck, Karlstad 2013.

ISBN 978-91-87201-07-3

Sommaren morfar slutade supa

av

Niss Eva Dybeck

Jag är på väg till mormors sjukbädd. Från sjukhuset har jag fått höra att hon är ganska svag, har svårt att andas, och kanske är det inte långt kvar.

"Du skall nog komma hit snarast, Lisa", säger sjuksystern som ringer.

Det var för tjugo år sedan allt det hemskaste hände, det som gjorde att jag har en speciell hemlighet tillsammans med mormor, och jag kommer ihåg varje sekund av den där sommaren...

Hela sommaren skall jag vara hos mormor och morfar, nästan två månader. Egentligen vet jag inte varför jag skall vara där så länge, men mamma är sjuk på något vis. Pappa säger att mamma är lite klen, men jag förstår inte riktigt ordet klen.

Sjuk förstår jag bättre, men då har man oftast ont i halsen, har brutit någon arm eller har fått ett otäckt getingstick. Men det har inte mamma. Hon är bara klen.

Mamma orkar inte riktigt med alla tre barnen säger pappa. Men varför orkar hon inte med just mig? Jag är väl inte besvärligare än lillebror t ex, han är tre år och jättebesvärlig! Lillebror är för liten för att skickas iväg svarar då pappa, han behöver vara hemma hos mamma, men det behöver jag också, faktiskt. Anna, vår äldre syster som är nästan 14 år, kan hjälpa till hemma får jag höra. Anna är också besvärlig. Åtminstone förra helgen, då hon inte kom hem förrän klockan tolv på natten, och pappa och mamma var jätteoroliga och arga. De hade bara varit vid gläntan i skogen, hon, Sara och Erik, och hade inte gjort något farligt alls. Bara haft en liten mysig picknick sa Anna. De hade haft med en korg med sockerdricka och kanelbullar och det var så varmt och skönt och de hade väntat på trollen! Jag hade också velat se trollen, men jag får aldrig vara med Anna och hennes kompisar.

"Du är för liten" säger Anna, och så är det färdigdiskuterat med det.

Jag är inte så liten, har faktiskt fyllt tio år redan, och jag förstår en hel del som både Anna och de vuxna inte tror att jag förstår. När de vuxna börjar viska, förstår jag att det är något de pratar om, som de inte vill att jag skall höra, och då blir jag ännu mer nyfiken förstås. Förra veckan viskade mamma och pappa om att jag skulle vara hos mormor i sommar. De trodde att jag inte hörde, men jag hade dörren till mitt rum på glänt och hörde precis vartenda ord.

"Tror du inte Lisa kan få vara hos Brita och Sven i sommar, så avlastas du lite i alla fall?"

"Men tänk om hon inte vill?

"Vill och vill, det måste ju vi bestämma. Vi kan väl ringa dem och höra efter."

Ingen tänkte alltså fråga mig först. Det är inte riktigt rättvist. Mormor och morfar är ju snälla, det är inte det, men ibland kan morfar bli konstig på något sätt, och då blir mormor så ledsen och orolig. Egentligen vet jag inte vad det är för fel på morfar, men han går så sakta och kan nästan inte hålla balansen ibland. Så stirrar han på mormor och pratar lite otydligt. Mormor tar mig i handen då och säger att jag skall gå ut och leta reda på Maja och Kalle och leka någonting. Jag gör som mormor säger, eftersom jag inte vill att hon skall bli ännu mer orolig och ledsen. Maja och Kalle bor i ett stort hus lite längre upp på gatan, de är åtta och tio år och har en lillebror precis som jag.

Förra sommaren, då jag var hos mormor och morfar två veckor, hann vi bygga en koja i skogen, Maja, Kalle och jag. Hoppas den är kvar nu, tänker jag, om jag nu skall vara borta så länge som två månader. Det är ju hela sommarlovet nästan.

I alla fall tycker jag om huset som mormor och morfar bor i. Det är ganska stort med tre sovrum på andra våningen. På första våningen kommer man direkt in i köket som har både en gammal och en vanlig spis. Den gamla spisen eldar mormor i på vintern, säger hon, då blir inte elräkningarna så dyra. Hon eldar med ved som morfar har huggit i lagom stora bitar och som ligger travade i ett litet skjul på tomten. Från köket kommer man in i en stor sal, ja, så kallas det rummet. Sal och sal, det är ju ingen skolsal förstås, men jag tror det kallas sal för att det är så fint där, stolar med buktiga ben, ett jättebord och blommiga dynor på stolarna, liksom på soffan som står utmed ena långväggen. Tavlorna på väggarna ser lite gamla och tråkiga ut tycker jag. Det är mest tavlor med båtar på stormiga hav, en föreställer en fiskare med regnmössa och pipa i munnen. Man blir inte så glad, när man tittar på de där tavlorna, men det gör inte mig så mycket, eftersom jag nästan aldrig är i det rummet. Inte mormor och morfar heller för den delen. Varför skall man ha ett rum som man nästan inte använder?

Men en TV finns det i alla fall i det andra rummet som också ligger på nedre botten. Där är det mer vanligt, man kan lägga tidningar och böcker lite varstans och man får krypa upp i den stora pösiga soffan med hela kroppen. Morfar har tom fötterna på bordet framför ibland, men det tycker inte mormor om så mycket. Nu har hon i alla fall slutat att tjata på morfar om fötterna så länge han tar av sig skorna. Det finns en öppen spis i det rummet också, men brasa tänder man mest på vintern, säger mormor. En gång när vi var hela familjen hos mormor och morfar under jullovet, så tände de brasor i den öppna spisen och det var så mysigt.

Utanför huset är det en ganska stor trädgård med en massa äppelträd, päronträd, körsbärsträd och ett stort grönsaksland. Jag brukar få hjälpa mormor att rensa i grönsakslandet. Om det blir länge, så är det tråkigt, men jag vill ju kunna hjälpa mormor med det jag kan. Morfar vill inte arbeta i trädgårdslandet, men han klipper gräset helt själv. Nu har han köpt en gräsklippare som går själv, så han blir inte så svettig längre. Då blir det mindre tvätt, säger mormor.

Imorgon skall jag alltså åka till mormor och morfar. Pappa skall skjutsa mig till tåget och se till att jag hamnar på rätt plats, för jag skall åka alldeles ensam! Det har jag inte gjort förut, men det skall bli spännande, och jag är inte rädd. Pappa har köpt en biljett i första klass åt mig, det känns säkrare så, säger pappa. Jag vet inte riktigt vad han menar med det, men jag känner mig lite viktig, när man säger att jag skall åka första klass. "Du behöver ju inte byta tåg, så det går nog bra", säger pappa, och morfar skall hämta mig vid tåget.

Mamma har bett mig packa alla småsaker, som jag vill ha med, leksaker, böcker och tidningar och sånt. Jag tror inte jag skall ta med så mycket, det får räcka med Ludde, min sovnalle, och kanske Fialotta, min älsklingsdocka. Hon har inte varit ute och rest förut, så det blir ju lite spännande för henne också. Om jag inte tar med så mycket kläder till henne, så syr nog mormor nya åt henne. Det har jag tänkt ut. Mina kläder har mamma gjort i ordning, och nu ligger allt snyggt hopvikt i resväskan.

Mamma tittar på mig och ger mig en kram. ”Älskade Lisa”, säger hon och pussar mig på örat. Mamma ser blek och svag ut, hon rör sig så långsamt och andas så att det hörs. Mamma får inte dö när jag är borta hos mormor och morfar. Det gjorde ju Hannas mamma. Hanna var på skolresa, och när hon kom hem var hennes mamma alldeles död. Hanna grät varenda dag i flera veckor, även fast vi andra i klassen försökte vara särskilt snälla mot henne. Fröken i skolan hade pratat med oss om det, att det var viktigt för Hanna att man var snäll mot henne. Nu har Hannas pappa hittat en ny mamma till Hanna, men hon är inte lika snäll som Hannas riktiga mamma var. Det har i alla fall Hanna själv sagt. Jag tycker synd om Hanna. Tänk om hon hade kunnat följa med mig till mormor och morfar! Jag sa det till pappa och mamma, och då sa de att kanske kunde Hanna komma och hälsa på mig lite senare i sommar.

”Du dör väl inte när jag är hos mormor?”, säger jag till mamma.

”Men Lisa, det är klart att jag inte gör”, säger mamma och kramar mig igen. ”Jag är bara lite trött just nu, men det går nog snart över, och då är vi alla tillsammans igen!”

Men jag litar inte på vad mamma säger, inte helt och hållet, hon ser så svag ut, inte alls så där frisk som hon alltid var förr.

”Men hur är du sjuk då?” frågar jag lite försiktigt, för jag vill inte göra mamma ledsen. ”Har du ont någonstans?”

”Nejdå, Lisa, jag har inte ont, och det här går säkert snart över, oroa dig inte!”

Det känns som om vuxna inte alltid säger precis som det är, och det är just vad mamma inte gör nu. Jag är fortfarande orolig, men tar Fialotta i näven och går in på mitt rum. ”Sov så gott!” ropar mamma efter mig, ”vi kommer snart in och säger god natt!”

Jag borstar tänderna lite hastigt ikväll, tandtrollen kanske inte jobbar lika mycket varje natt tänker jag och tar på mig pyjamasen. Det känns lite pirrigt i magen och inte alls som att jag skall kunna sova nu. Imorgon skall jag åka tåg, ensam, och sedan vara borta från mamma, pappa, lillebror Hannes och Anna. Ja, Anna kommer jag inte att sakna så mycket, henne får jag ju aldrig vara med i alla fall. Men Hannes är gullig, och honom skulle jag ju kunna passa ibland och hjälpa mamma på det viset. Det har jag sagt till mamma, men hon skrattade bara lite och sa, att jag måste bli lite större först, innan jag kan passa Hannes på egen hand.

Jag bläddrar lite i Alfons Åberg och väntar på att mamma och pappa skall komma in och säga god natt. Då tänker jag säga att jag egentligen inte vill åka till mormor och morfar. Alfons Åberg har det bra, han får vara hos sin pappa hela tiden. Inte blir han ivägskickad till någon farmor eller farfar. Nu hör jag att mamma och pappa talar lite högre där ute i vardagsrummet. De låter inte riktigt överens. Mamma gråter.

"Jamen, Lisa vill ju inte åka! Tror du inte att vi gör helt fel nu?"

"Lugna ner dig, Märta, det här blir det bästa, och du måste kunna få vila dig så mycket som möjligt! Anna får ta hand om Hannes när jag jobbar, och sedan hjälper ju jag till när jag kommer hem. Vi måste fixa det här, Märta! Nu säger vi god natt till Lisa!"

Jag hör hur mamma snyter sig och snart står de i dörren till mitt rum. De kikar in försiktigt för att se om jag redan sover, men det gör jag ju inte. De närmar sig min säng och ett litet tag försöker jag låtsas sova, men när mamma lutar sig över mig tittar jag henne rakt i ögonen. Mammas ögon är lite tjocka och glansiga, och nu kan jag inte säga att jag inte vill åka.

"Godnatt, älskade Lisa, sov gott! Imorgon blir en spännande dag för dig!"

Pappa gör likadant och smeker mig över kinden.

"Vi väcker dig klockan nio, så hinner vi gott innan tåget går halv elva."

"Godnatt", viskar jag och griper fastare tag i Fialotta.

På tågstationen är det liv och rörelse. Det är många, både vuxna och barn, som skall åka med tåget. Pappa säger att de skall på semester, precis som jag, men jag vet inte om jag vill kalla det semester för min del. Åtminstone inte riktig semester.

På semester åker man med familjen, inte ensam. Jag känner hur det rycker i ögonen, gråten är på väg, och jag försöker allt jag kan för att inte låta den komma fram. Jag försöker tänka på roliga saker, på Alfons Åberg och Barnen i Bullerbyn, som alltid har så roligt. Kanske får jag lika roligt i sommar som Pippi och Tommy och Annika?!

Pappa kramar mig hårt och öppnar dörren till tågvagnen.

”Den här är det”, säger han och tar mig i ena handen och väskan i den andra. Vi letar rätt på min plats, i första klass, och pappa lägger min väska på hyllan och hissar upp mig i famnen.

”Var nu riktigt duktig flicka!” säger han. ”Mormor har lovat att ringa när du är framme”.

Jag försöker pressa fram ett leende, sätter mig ned i fåtöljen och placerar Fialotta bredvid mig. Det ser inte ut som om någon beställt fåtöljen bredvid mig, så Fialotta kan nog få sitta kvar där, även om hon inte har någon biljett.

”Hej då, pappa”, mumlar jag och ser honom stiga ned på perrongen igen. Han ställer sig utanför mitt fönster, skrattar och höjer handen och vinkar. Tåget börjar rulla och pappa följer med några steg, lite halvt springande samtidigt som han vinkar hela tiden. Jag vinkar också, men samtidigt börjar jag gråta våldsamt och kramar Fialotta det hårdaste jag kan. Snart kan jag inte se pappa längre. Tanten som sitter mitt emot mig på andra sidan gången tittar oroligt på mig.

”Men kära barn, åker du alldeles ensam”?

Jag tittar ned i sätet och låtsas inte höra henne.

”Vart skall du åka?” fortsätter hon, och nu tar hon fram en påse med karameller, sträcker fram den till mig och säger:

”Varsågod, ta en karamell så blir det strax bättre!”

Jag sträcker fram handen och tar en karamell.

”Tack”, piper jag.”Jag skall åka till mormor”.

”Jamen, det blir väl roligt! Ta en karamell till!”

Egentligen tycker jag inte alls om den sortens karameller, men jag tar en till för att inte verka otacksam. En tanke flyger förbi i mitt huvud. Mamma har sagt att jag aldrig får ta emot något från en främmande person, men just nu måste jag ju det. Tanten skulle tycka jag var väldigt konstig om jag inte tog emot hennes karamell, så nu gör jag det i alla fall. En karamell kan väl inte vara så farlig. Och dessutom ser tanten snäll ut. Alla vuxna som man inte känner är väl inte farliga? Jag suger på karamellen och försöker bita i den så att den skall ta slut så fort som möjligt. Bredvid tanten sitter en liten mager man. Han är nog hennes man, fast han ser alldeles för liten ut för henne tycker jag. Hon är så stor, allt på hennes kropp är stort, och jag undrar hur hon kom ned i tågstolen. Stjärten sväller ut på kanterna så det liksom blir som en korv utanför sätet under armstödet, och överarmarna dallrar när hon rör dem för att hämta upp och lägga ned karamellpåsen. När hon andas så hörs det, det pyser ut ur munnen varje gång hon släpper ut luften. Stackars tanten, tänker jag och kommer ihåg tant Signe där hemma. Hon bor borta i kurvan på vår väg, har ett ganska fint rött hus, men bor alldeles ensam. Ja, hon har ju sina katter förstås, men hon har ingen man och inga barn heller och hon är jättestor. Mamma och pappa säger att hon nog tröstäter. Jag vet inte riktigt vad det betyder, men hon äter väldigt ofta, nästan jämt skulle man kunna säga. Varje gång jag cyklar förbi och hon är ute i trädgården, ropar hon till mig att jag skall komma in och få lite saft och kakor.

"Jag har nyss bakat!" ropar hon.

Det känns som om hon vill ha sällskap när hon äter sina kakor, och för det mesta lägger jag cykeln i diket och traskar in till tant Signe. Det är gott med kakor och tant Signes är särskilt goda. Hallonsaften har hon gjort själv av hallonen i trädgården, och varje gång berättar hon för mig hur nyttigt det är med hemmagjord hallonsaft, den är minsann inte lika manipulerad som köpesaften. Jag har inte en aning om vad manipulerad betyder, men det är säkert något dumt som man inte skall dricka. Men tant Signe är snäll och hon är inte farlig, så henne får jag gå in till och hälsa på har mamma sagt. När jag bara ätit en kaka, så har tant Signe redan hunnit med tre, så jag förstår att det är därför hon är så stor. Lite synd om henne är det i alla fall, eftersom hon verkar ha svårt att röra sig fort. Det går så sakta allt hon gör, från köksbordet till skåpet med kakburken tar det jättelänge, och när hon hasar över trasmattorna är jag nästan rädd att hon skall snubbla ibland. Tänk, vad skulle jag göra då? Så berättar tant Signe allt vad Majsan, Missan och Truls har gjort de senaste dagarna. De är hennes katter och dem vill jag gärna leka lite med och smeka, och då spinner de. De är så duktiga på att fånga råttor säger tant Signe och det är tur, för då slipper man ha råttfällor. Vi har råttfällor hemma och det är hemskt när någon har fastnat i fällan. Jag tycker synd om dem och vill helst inte titta alls. Varför kan inte alla på jorden få leva sina egna liv, utan att några hela tiden skall döda andra? Men tant Signe är i alla fall snäll, även om hon låter katterna ta råttorna.

Bortanför hennes kurva kommer en kurva till, och där bor minsann en riktigt farlig hund. Han är stor och svart och skäller alltid när jag cyklar förbi. Då är jag rädd. Han som äger hunden, som heter Roffe, verkar också lite farlig. Mamma och pappa har sagt att han inte är det, men det litar jag inte på. Han ser farlig ut. Ögonen stirrar alltid och han har långt, grått skägg som ser väldigt smutsigt ut. Om jag ropar hej, så svarar han nästan aldrig, utan bara grymtar till och ser arg ut. Det är inte ett dugg roligt. Och Roffe skulle jag aldrig våga klappa. Som tur är, är han i en bur, men den kunde vara lite större tycker jag, för även om Roffe är en elak hund, så har han väl rätt till en större bur. Han springer fram och tillbaka som en tokig och stormskäller. Kanske skulle han bli lugnare och snällare om han hade mer plats att röra sig på? Roffes husse bor också ensam, det är väl ingen tant som vill bo hos honom, men ibland tänker jag, att alla skulle bli mycket gladare om t ex Roffes husse och tant Signe flyttade ihop i samma hus? Katterna skulle kanske vara lite sällskap till Roffe, så slapp han vara så ensam och bara stå och skälla hela dagarna? Jag har aldrig vågat fråga tant Signe om det. Roffes husse har aldrig bett mig komma in i hans hus, och jag vet inte om jag skulle våga det heller. Han kanske inte är farlig, men jag tror inte han har några kakor i alla fall.

Tanten med karamellpåsen har slumrat till, händerna ligger slappt i hennes knä och de stora brösten höjer sig upp och ned. Jag tittar på klockan, den är kvart i två, och om en timme skall jag vara framme. Solen skiner in rätt i ögonen på mig och jag rycker lite i gardinen. Den är dammig, för det virvlar en massa små prickar i luften och en unken doft väller in i näsborrarna. Det luktar torrt på något vis. Jag tar fram min saftflaska , tar ett par klunkar av den varma saften, men den läskar ganska bra ändå. Börjar bläddra lite i serietidningen jag har med mig och hoppas att tiden skall gå fort. Tidningen har jag läst flera gånger förut och plötsligt känner jag mig alldeles sömnig.

Jag vaknar till med ett ryck och känner hur tåget saktar in. Är jag framme nu? Jo, det är jag. Börjar plocka ihop mina saker. Mamma sade att det var jätteviktigt att jag fick med mig allt från tåget, att inget glömdes kvar, för då var det borta för alltid. Fialotta sitter fortfarande på sätet bredvid mig, henne får jag absolut inte glömma. Så har jag en liten resväska och den gula tygpåsen med tidning och saftflaska. Fialotta ryms i tygpåsen, så jag stoppar ned henne lite försiktigt så att hon inte känner sig klämd. Hon får plats med halva kroppen, men det räcker.

Mormor har sagt att morfar skall möta mig på stationen, och när tåget rullar in ställer jag mig upp och tittar efter honom på perrongen. Men jag kan inte se morfar. Han står säkert längre fram, man vet aldrig exakt var varje vagn i ett tåg tänker stanna. Nu står tåget helt stilla och jag makar mig fram mot tågdörren. Några andra passagerare är före mig, men pappa sade att jag inte skulle vara rädd för att inte hinna av, tåget brukar stå flera minuter på min station. Resväskan är inte tung och med den i ena handen och tygpåsen med Fialotta i den andra stiger jag ned på perrongen. Jag ser inte morfar. Tittar åt ena hållet och så åt det andra, men ingen morfar. Drar mig lite längre fram och bort från tåget. De andra passagerarna går raskt fram och tillbaka, och det är många som kommer emot dem, glada med armarna utsträckta till en kram.

Nu börjar alla dra sig bort från perrongen och hela stationen töms på passagerare. Det är bara jag kvar, men ingen morfar. Vart har han tagit vägen? Han skulle ju hämta mig sa mormor. Jag går in i stationshallen och ser en lucka, där en farbror sitter och tittar i några papper.

Jag knackar lite på glaset till luckan, som genast dras åt sidan.
"Hej på dej du! Vad vill en sådan liten tös?"
Farbrorn ser snäll ut och kliar sig lite på hakan.
"Jag skall till mormor och morfar, och morfar har lovat att hämta mig, men han är inte här. Kan jag få låna telefonen?"
"Vad heter din morfar?"
"Sven Larsson, han bor på Björkvägen".
"Jaha, på det viset. Ja, jag vet vem han är. Men det är inte så långt till Björkvägen. Jag kan skjutsa dig. Kalle ser till expeditionen så länge".
"Tack, det är jättesnällt!"
Farbrorn kommer ut från expeditionen, tar min väska, och jag följer med honom ut till en bil som står parkerad bakom stationshuset. Den ser lite risig ut, jag tror det är en Volvo, även om jag inte kan så mycket om bilar precis. I bakhuvudet hör jag pappas förmaningar: "Åk aldrig bil med en främmande person, Lisa, lova mig det!"
Men nu är det speciellt tycker jag, farbrorn ser verkligen snäll ut och han jobbar ju på stationen, så han är väl inte vem som helst? Ingen morfar syns till och jag kliver in i framsätet.
"Jaså, du skall besöka din mormor och morfar? Det blir väl roligt? Här är fint på sommaren!"
"Ja, jag skall vara här hela lovet nästan, två månader."
Bilen rullar iväg och efter bara tio minuter ungefär stannar den till framför mormors hus. Jag känner igen mig. Mormor öppnar dörren och kommer springande ner mot bilen.
"Men kära barn, kommer du med Svantesson? Var är morfar?"
Mormor ser ängslig ut och vänder sig mot farbror Svantesson.
"Oh, vad snällt av dig att köra Lisa hit! Nu har det hänt igen!"
Mormor ser skamsen ut och blir alldeles röd om halsen. Hon tar farbror Svantesson i handen och tackar så hemskt mycket för att han skjutsat mig.
"Det var så lite så, hoppas Sven kommer tillrätta snart!"
Det verkar som om ingen av dem undrar så värst mycket vart morfar tagit vägen, precis som om de visste varför han inte kommit.

Mormor kramar om mig, samtidigt som hon ser bekymrad och nästan arg ut.

"Lilla Lisa, så roligt att du är här! Gick resan bra? Så förfärligt att inte morfar hämtade dig! Tur att farbror Svantesson var så snäll och körde dig hit!"

"Jo, det gick jättebra, hela resan, men var är morfar? Har det hänt honom något?"

"Lisa, jag skall berätta för dig en annan dag. Nu sätter vi oss och äter, du måste vara hungrig, eller hur?"

Mormor går bort mot spisen samtidigt som hon muttrar, knappt hörbart, men jag uppfattar i alla fall att hon säger ett svärord om morfar. Jag vill inte fråga just nu, hon har ju lovat att berätta senare, så jag sätter mig vid bordet och häller upp vatten i glaset. Mormor serverar köttbullar, kokt potatis och lingonsylt, och det ser så gott ut. Själv sätter hon sig mitt emot mig, häller upp mat till sig och tittar på mig med sina lite sorgsna ögon.

"Lisa, hur var det med mamma när du åkte? Kände hon sig dålig? Var hon ledsen för att du for iväg? Ja, jag har ju pratat med både henne och din pappa nästan varje dag, men vi har ju inte träffats på ett tag och jag har inte sett henne. Har hon magrat?"

"Neej, det tror jag inte. Hon är ungefär som vanligt, men pappa säger att hon är klen och jag vet ju inte riktigt vad det betyder. Lillebror är lite besvärlig, så han tar så mycket tid säger de. Men jag tycker det är roligt att komma hit. Är Kalle och Maja här i sommar? Förra sommaren lekte vi jättemycket tillsammans. Hoppas de är här nu också!"

"Ja, Lisa, det tror jag att de är. Tant Sigrid sa häromdagen att de skulle komma nästan tre veckor i sommar, så ni kan säkert leka varje dag! Jag skall ringa henne sedan och fråga om de kommit än. Ta lite mer köttbullar, varsågod!"

"Kul, Kalle och Maja är snälla och vi hade så roligt förra sommaren! Kanske kan vi bada på holmen i tjärnet i år också. Språngbrädan är väl kvar?"

"Ja, det tror jag, men ni måste vara försiktiga där ute, sjön är inte att leka med. Jo, jag vet att du simmar väldigt bra, men man måste alltid vara försiktig på djupt vatten."

Efter maten visar mormor in mig till mitt rum. Jag kallar det mitt rum, för här har jag alltid fått bo när jag är hos mormor och morfar. Sängen står på det vanliga stället, men gardinerna är nya tror jag. De är ljusa med små fiskar på och fladdrar lite, eftersom fönstret står på glänt. En grön, tjock matta finns på golvet nedanför sängen och den känner jag också igen. Det luktar sommar och landet i hela rummet, kanske lite djur på ett helt annat sätt än det gör i en stad. Det känns härligt att vara hos mormor igen och jag går fram till fönstret och tittar ut. Den gamla boden står kvar förstås. Den har två våningar, och på andra våningen finns en stor öppning, som stängs till med en trädörr. Jag får inte gå nära den dörren har mormor sagt, det kommer jag ihåg från förra sommaren. Den är lite farlig, eftersom den öppnas rätt ut i tomma intet och man slår ihjäl sig om man trillar ned därifrån. Nejdå, jag skall inte gå nära den dörren.

Mormor lägger min väska på sängen, öppnar den och säger att jag kan hänga upp mina kläder med en gång, så de inte blir skrynkliga.

”Ja, du kan lägga resten i lådorna här i byrån, jag har just rensat dem från gammalt skräp som blivit liggande, och jag har torkat ur dem också.”

”Tack mormor, jag har inte så mycket med mig, så det får god plats.”

Jag sätter Fialotta på stolen bredvid fönstret.

”Här är din egen stol, Fialotta, sitt nu fint!”

”Har du den dockan kvar, Lisa! Vad roligt! Hon måste vara minst fem år nu? Visst fick du den i julklapp av mig?”

”Sex år är hon! Lite sliten, men kan vi inte sy någon ny klänning åt henne, mormor?”

”Jovisst, det kan vi göra, men nu kan du packa upp resten, så skall vi ta en promenad ned till sjön sedan!”

”Men skall vi inte vänta på morfar, var är han?”

”Lisa, morfar är inte riktigt frisk, han har en sjukdom faktiskt, men det är tyvärr hans eget fel. Vi pratar om det sedan. Nu skall vi gå ned till sjön, så kan du få känna vad varmt vattnet redan hunnit bli!”

"Får jag ta med baddräkt och handduk med en gång? Jag längtar så efter att bada!"

"Ok, jag skall ta fram en badhandduk åt dig!"

Mormor hämtar den stora, härliga badhandduken med delfiner på, den som jag tycker mest om. Jag lägger baddräkten i filtpåsen och vinkar åt Fialotta.

"Du får stanna här och vakta mitt rum!"

Ute är det varmt och det blåser lite lätt. Jag tar mormor i handen och vi tar stigen ner mot sjön. Den går genom en liten allé med björkar och allt är så vackert. Prästkragar, blåklint, kärringtand och sommarblomster kantar stigen och hela luften känns så somrig. "Somrig" finns det inget ord som heter i svenska språket sa min pappa till mig en gång, men då svarade jag att det finns det visst, det hade jag lärt från "Idas sommarvisa" i skolan, och pappa fick ge sig så småningom. Det är ett vackert ord tycker jag, precis så som det är, "somrigt".

"Har du inte din baddräkt med dig, mormor?"

"Nej, Lisa, jag tror inte jag vill bada nu, men du får gärna hoppa i ett tag. Det blir skönt efter resan."

En del vuxna människor är så rädda för att bada. Ibland tycker de det är krångligt att byta om, de blir blöta i håret och sitter hellre på stranden och tittar på. Men jag älskar att bada! Vattnet i en insjö känns som sammet ibland, när det är vindstilla, och man bara svävar fram i vattnet. Jag kan simma jättelångt, har tagit Simborgarmärket och är inte ett dugg rädd för att komma under vattnet. Det är viktigt säger både lärarna och mamma och pappa. Barn skall lära sig simma så tidigt som möjligt, och jag tror jag var bara fyra år när jag tog de första simtagen.

Sjön är lite krusig på ytan och jag klär snabbt av mig och tar på baddräkten. Den känns lite stram nu, är kanske för kort egentligen, eftersom jag fick den för två år sedan och därefter vuxit en del. Men det gör ingenting just nu. Jag känner spänningen av att hoppa i vattnet för första gången i år. Det pirrar till lite i fötterna när jag petar med dem i vattnet, men snart springer jag rätt ut och plaskar i med hela kroppen. Vilken känsla! Detta är sommarlov! Vattnet känns redan ljummet och jag dyker under med hela huvudet, spärrar upp ögonen, men ser ingenting. Det svider till lite, men jag torkar bort vattnet i ögonen och simmar utåt.

"Inte för långt ut, Lisa!" skriker mormor från stranden.

"Nejdå, jag kan simma, mormor! Det är så härligt! Varför tog du inte med baddräkten?"

Jag hör inte vad mormor svarar utan är helt uppslukad av det ljumma, mörka vattnet. Oh, vad kul det ska bli att bada med Kalle och Maja snart! Kanske redan imorgon? Hoppas det. Då skall jag visa dem hur långt jag kan simma, och att jag törs hoppa från språngbrädan. Det kanske de inte törs. Kanske Kalle, men inte Maja. Hon har alltid varit lite rädd av sig. Kalle är djärv och orädd, det kommer jag ihåg från förra sommaren. Han vågade alltid hoppa från språngbrädan och från den stora klippan i skogen bakom deras hus. Det tordes inte jag då, men kanske i år?

Jag simmar och simmar. Det går så lätt, som om det inte finns något som tar emot eller bromsar. Jag hör att mormor ropar något från stranden. Kanske vill hon att jag skall komma tillbaka. Jag vänder mig om och ser hur mormor viftar med armarna.

"Jag kommer!" ropar jag och vänder om mot stranden igen.

"Men Lisa, du lovade att inte simma så långt ut! Jag blir orolig förstår du väl! Nu klär du på dig så går vi hem igen."

"Tror du att morfar kommit nu? Jag längtar så att träffa honom och berätta hur långt jag kan simma."

"Ja, den eländige gubben kanske har nyktrat till. Lisa, jag är så ledsen, lika bra att jag berättar för dig. Morfar har problem med alkoholen, har du kanske anat det redan? Det är så svårt för mig, förstår du, för det går inte att tala honom tillrätta. Han bara lovar och lovar att sluta, men han orkar aldrig hålla sina löften. Jag vet inte riktigt vad jag skall ta mig till. Egentligen skulle jag vilja att det fanns en lag som tvingade sådana personer att sluta. Att man bara kunde bura in dem tills de blev friska, men så är det ju inte."

"Jamen, kan du inte gömma alla hans flaskor?"

"Du kan tro att jag har försökt, men då blir det bara värre. Han tvingar mig förr eller senare att ta fram dem igen. Han slår mig inte, men på något sätt har han en förmåga att övertala mig och säga att jag skall se framåt, att allt skall bli bra igen, och att jag skall förlåta honom. Det är så svårt, Lisa, men jag borde inte tynga dig med de här bekymren, nu när du skall vara här hela sommaren. Bry dig inte, morfar är ju inte farlig och han tycker väldigt mycket om dig skall du veta."

"Det tror jag också, eller det vet jag att han gör, men jag tycker så synd om dig mormor. Vet mamma och pappa om det här?"

"Ja, jo, de vet nog en del, men inte allt. Jag vill inte bekymra dem med det, de har nog av sitt, nu när mamma inte känner sig riktigt bra heller. Det är både pinsamt och svårt för mig att tala med andra människor om det här problemet, t.o.m. för mamma. Han är ju hennes pappa, en pappa som hon alltid älskat, och ibland tror jag kanske att hon förebrår mig, att jag har skuld i hans sjukdom."

"Tror du jag kan prata med honom? Jag kan försöka om du vill."

"Snälla Lisa, det får du gärna göra, men det är svårt. Det här är ingen sjukdom som man kan bli frisk från om man inte själv riktigt vill. Där ligger haken, och morfar har bestämt att han inte utsätter sig för någon behandling. Ja, jag är både arg och ledsen som du förstår. Men nu går vi hem! Jag skall steka lite våfflor ikväll, det blir väl gott?"

På trappan sitter morfar. Vi ser honom på långt håll, och jag känner att mormor trycker till min hand lite extra. Vad skall jag säga nu, tänker jag, är mormor väldigt arg? Det känns obehagligt, och nu ser jag morfar lite tydligare. Han sitter med huvudet sänkt och har en cigarett i handen. När vi närmar oss tittar han upp och ser skamsen ut. I ögonvrån ser jag hur mormor blänger på honom.

"Ditt kräk, du skulle ju hämta Lisa! Fattar du inte vad du ställer till med? Jag ska ständigt behöva skämmas ögonen ur mig för din skull! Kan det aldrig bli ett slut på det här?"

"Hej Lisa", säger morfar försiktigt", jag fick fel på bilen förstår du. Så roligt att du har kommit till morfar och mormor!"

Han sträcker fram armarna och ger mig en kram. Han luktar

inte så gott och händerna känns svampiga på något sätt, när han stryker mig över kinden. Jag försöker le mot honom.

”Hej morfar!”

Mormor tar tag i min hand och drar mig mot dörren.

”Kom Lisa, nu skall vi steka våfflor! Låt morfar sitta där så länge!”

Morfar ser jätteledsen ut och fimpar cigaretten under skon. Det kommer en dust av rök mot mig och jag hostar till lite. Cigarettrök är nästan det värsta jag vet. Det luktar så äckligt. Jag skall aldrig börja röka när jag blir stor. Mamma röker inte och inte pappa heller, och mormor gör det förstås inte. Det känns så besvärligt att mormor och morfar inte är sams. Mormor ser så arg ut när hon tittar på morfar och han vänder hela tiden bort blicken, ser skamsen ut och suckar. Skall det vara så här hela sommaren, medan jag är här? Mormor ställer sig vid köksbänken och börjar dra fram våffeljärnet. Det verkar väldigt tungt och är säkert gammalt. Hemma har vi ett mycket modernare. Jag tycker väldigt mycket om våfflor, men de skall vara frasiga. Vet inte om mormor gör frasiga våfflor, men jag vill inte fråga henne. Hon kanske blir ledsen om hon inte gör det, och nu verkar hon vara så arg på morfar, så jag vill inte besvära henne.

Mormor dukar fram tallrikar och tar fram mjölk ur kylskåpet. Våfflorna fräser i järnet och det börjar lukta så där riktigt gott.

”Vad vill du helst ha, Lisa, jordgubbssylt eller hallonsylt? Jag har gjort dem båda två själv.”

”Jag tycker om båda delarna, det spelar ingen roll – men kanske jordgubbssylt.”

Egentligen vill jag ibland bara ha lite socker, men det säger jag inte till mormor, nu när hon har två sylter som hon gjort själv.

Morfar sätter sig också vid bordet, men undviker att titta på mormor och hon låtsas inte om honom. Vi börjar äta och våfflorna är verkligen frasiga och jättegoda. Det var längesedan mamma gjorde våfflor nu, kanske är det för besvärligt för henne och tar för lång tid, nu när hon är så klen.

”Tror du jag kan ringa till Maja och Kalle imorgon, mormor? Det vore så roligt att gå och bada med dem, om det är fint väder.”

”Visst kan du det, Lisa, enligt väderprognosen skall det här fina vädret fortsätta ett långt tag till, så det blir nog skönt att bada imorgon också. Men nu är det snart läggdags för dig, Lisa, du har varit ute och rest och då brukar man bli lite extra trött, eller hur?”

”Jodå, det skall bli skönt, även om jag inte brukar lägga mig så tidigt på somrarna. Det är ju ljust så länge, men det är väl mörka rullgardiner i mitt rum?”

”Ja, det är det. Utan dem skulle inte jag kunna sova om somrarna i alla fall. Vill du ha fönstret öppet tror du? Fåglarna sjunger ganska friskt fortfarande, så de väcker dig jättetidigt.”

”Jomen, det är jag van vid, och så tycker jag det är så roligt att lyssna på dem och höra om jag kan känna igen dem. Vi har lärt oss en hel del om fågelläten i skolan, och det tycker jag är spännande!”

”Så bra, då kan du lyssna ordentligt imorgon bitti och höra om det finns några du inte känner igen! God natt Lisa, och sov så gott!”

Mormor stänger dörren och jag kryper ned i sängen. Lakanen är svala och sköna och de luktar så härligt. Det är alldeles speciellt att lägga sig mellan lakan som strukits eller manglats efter tvätten. Mamma har sällan tid att göra det hemma. Men mormor har ju mer tid, för hon arbetar bara halvtid har mamma sagt. Hon ser ganska ung ut för att vara mormor tycker jag, men det gör faktiskt inte morfar. Beror det på att han dricker så mycket? Jag tror det, eftersom jag hörde mormor säga det en gång till mamma i telefon, fast det var förra sommaren. Undrar om mamma också är ledsen för att morfar dricker? Det är hon säkert, men hon har inte pratat med mig om det. Hon och pappa tycker nog jag är för liten för att höra sådana saker, men jag känner mig ganska stor nu, och jag förstår mycket mer än vuxna människor tror att jag gör.

Imorgon skall jag ringa till Maja och Kalle. Det skall bli så roligt att träffa dem igen! Hoppas de är lika snälla som de var förra sommaren! Men helst vill jag inte träffa Stefan och Mikael. Det är något elakt hos dem ibland, särskilt Stefan. Han var dum mot mig förra sommaren och kallade mig "lantis". Han är väl lika mycket "lantis" som jag i så fall. Jag tror han måste göra sig märkvärdig. Mormor har sagt att han inte har det så roligt. Jag vet inte riktigt vad hon menade med det, men han bor ensam med sin mamma och två småsyskon. De har ingen pappa. Jo, det har de väl från början, men han bor inte hos dem och jag tror inte han bryr sig så mycket om dem heller. Då är det ju synd om Stefan. Stefans mamma städar, så jag tror inte de har råd med så mycket. Man får väl inte särskilt bra betalt om man bara städar.

Mikael är så snygg, jag var kär i honom förra sommaren, men inte han i mig. Oj, så ledsen jag blev när han en gång lade armen om Maja! Han försökte t.o.m. pussa på henne, men det vågade inte hon, så hon vände bort ansiktet och drog sig undan. Senare sade hon till mig att det var pinsamt, att hon inte ville att alla skulle se. Men jag tror absolut att hon också är kär i Mikael.

Det värsta är att mormor och morfar inte är glada och tycker om varandra. Det är sorgligt tycker jag. Efter ett långt liv tycker jag vuxna människor borde ha lärt sig hur man beter sig och hur man gör andra människor glada? Vore inte allt mycket lättare då? Och varför krigar man så mycket ute i världen? Det kan jag inte förstå! Kunde man inte bara spela en fotbollsmatch eller något sådant, och så kunde det lag som vann i det ena landet få det andra landet? Då behövde inte så många människor dö hela tiden! Och varför dödar man barn? Det borde vara förbjudet att döda barn! Nej, jag vill inte tänka på döden, det är så otäckt. Jag vill i alla fall leva och jag vill att mamma skall bli frisk.

Nu hör jag fåglarna och det är många olika sånger utanför mitt sovrumsfönster. Trädgårdssångaren, lövsångaren och bofinken känner jag igen, liksom talgoxen och spillkråkan, och så göken förstås! En skata väser också i närheten, men det är då inte särskilt vackert. Stackars skator och kråkor! De är varken vackra eller trevliga att höra på!

Jag tvättar mig raskt och kommer ut i köket. Där står mormor redan och kokar kaffe.

"God morgon, Lisa, har du sovit gott? Har du hört några nya fåglar?"

”God morgon, mormor, jo, jag har sovit jättegott! Hörde t.o.m. göken precis när jag vaknade!”

”Gjorde du? Ja, den hörs ganska ofta här lyckligtvis! Många människor hör nästan aldrig göken. I vilket väderstreck hörde du den? Rakt ut från ditt fönster?”

”Vet inte så noga, men den var ganska nära i alla fall. Hoppas det var i väster, bästergök du vet mormor!”

”Det var det säkert, kom nu så skall du få frukost! Vill du ha fil och flingor?”

”Jättegärna, det brukar jag äta om morgnarna!”

Efter frukosten ringer mormor till tant Sigrid, där Maja och Kalle skall vara i sommar. Tant Sigrid är deras farmor, och de brukar vara där varje sommar ganska länge.

Redan efter en halvtimma kommer de skuttande genom grinden.

”Heeej, Lisa!” skriker Maja, rusar rakt på mig och ger mig en hård kram. Kalle kommer efter, lite mer tvekande men ger mig också en kram.

”Åååå vad roligt vi skall ha i sommar!” fortsätter Maja och hoppar jämfota upp och ned.

”Jag kan simma jättelångt,” säger Kalle och sträcker lite malligt på sig. ”Vem tror du simmar längst av oss alla tre nu Lisa?”

”Det gör nog du Kalle, för du är ju äldst ju. Men jag vågar hoppa från språngbrädan i år tror jag.”

”Det gjorde jag redan förra året, men Maja törs nog inte än.”

Kalle sneglar på Maja och flinar lite.

”Jag skall bara hämta mina badgrejer, så kan vi sticka med en gång,” säger jag och springer in på mitt rum. Baddräkten är ju lite liten, men det bryr sig nog inte Maja och Kalle om, de brukar inte retas på det sättet. Värre blir det kanske om Stefan och Mikael dyker upp, men det hoppas jag verkligen att de inte gör redan idag. Jag vill gärna vara alldeles själv med Maja och Kalle. Vi har roligast då.

Vi småhoppar på skogsstigen ner mot sjön. Solen värmer redan skönt, och luften står nästan stilla, en riktigt härlig sommardag! Tänk om det kunde vara så här hela tiden! Men varför kan inte allt vara bra på en gång? Varför måste mamma vara sjuk, och varför kan inte morfar sluta upp med sitt drickande, så att mormor blir glad igen?

Kalle springer lite i förväg, och jag känner hur Maja söker min hand och klämmer åt ordentligt. Den är lite svettig, men det gör ingenting. Med Maja är det alltid så fridfullt på något vis, hon är aldrig elak, retas eller säger dumma saker. Inte är hon mallig heller. Det är det värsta jag vet när kompisar är malliga. Maja tittar på mig och hela hennes ansikte glittrar med de kisande ögonen.

”Jag är sååå glad att du kommit Lisa! Jag har väntat ett helt år på att vi skulle träffas igen! Johanna i min skola är inte alls lika snäll fast hon är min bästis. Det är mest hon som vill vara det förstås. Jag önskar att vi bodde på samma ställe!”

”Jag håller med dig, men nu har vi ju två hela månader att vara med varandra!”

”Är en månad lång? Hur länge är det?”

”Det är ju mer än fyra veckor, jättelänge!”

Snart är vi framme vid sjön som ligger nästan blank. Kalle har redan fått på sig sina badbyxor och står vid sjökanten och petar med tårna.

”Är det kallt?” skriker Maja.

”Nej, inte ett dugg! Försten i!”

Kalle simmar mot holmen där språngbrädan finns. Maja och jag börjar klä av oss och får fram baddräkterna. Majas är också lite urvuxen och det syns att den stramar. Vilken tur! Då behöver jag inte skämmas. Vi rusar ut i vattnet. Ljummet känns det! Holmen ligger inte så långt ut, så vi har lov att simma dit, även om ingen vuxen är med. Men bortanför holmen har vi lovat mormor och tant Sigrid att aldrig simma. ”Det är en hederssak”, brukar mormor säga, men jag vet inte riktigt vad en hederssak är, fast det är väl något bra, något som man lovar.

Vi hoppar och hoppar från språngbrädan och Maja törs också hoppa. Hon ser lycklig ut! Vi hoppar alla tre på en gång och det blir bara roligare och roligare.

Snart är vi helt utmattade av allt hoppandet och öronen är fulla av vatten. Vi nyser och fräser ut vatten från näsborrarna, håret klibbar mot ryggen, men det är inte obehagligt.

Vi beslutar oss för att simma tillbaka mot land för att sola och vila lite och då ser vi plötsligt att det står tre små figurer på stranden.

"Det är säkert Stefan och Mikael, men vem är den tredje?" nästan viskar Kalle för att det inte skall höras till stranden.

Jo, det är Stefan och Mikael, som står och hänger över sina cyklar. En flicka står alldeles intill dem. Hon är så där väldigt söt, har ljust lockigt hår och ser ut som om hon ägde hela stranden. Viken otur, nu när vi har det så mysigt! Jag har ingen lust alls att träffa den där flickan, hon ser mallig ut och alldeles allvarlig. Varför ser man inte glad ut när det är så vackert väder, sommarlov och allt?

När vi kommer upp på stranden, lägger Stefan och Mikael ned sina cyklar och går oss till mötes. De ser inte glada ut, och jag blir lite rädd. Det ligger obehaglighet i luften och plötsligt känner jag att jag fryser lite.

"Jaså, är det Lisa som har kommit från vischan?"

Stefan låter högfärdig. Vischan! Som om det här skulle vara mindre vischan än hemma, men jag vågar inte svara.

Kalle tar ett steg fram mot dem.

"Ja, det är jätteroligt att hon äntligen kommit tillbaka! Vad gör ni? Och vem är du?"

Han tittar på den söta flickan.

"Jag är från Stockholm och bor hos Stefan. Vi är nästan kusiner. Jag skall vara här hela lovet, tror jag. Men här verkar ju lite dött förstås".

Hon snörper på munnen och sneglar mot Stefan.

"Dött och dött, det är väl bättre än att vara i stan på sommaren, skulle jag tycka i alla fall!" svarar Kalle.

"Jamen du har väl aldrig råd att åka till Stockholm, dina föräldrar är ju inte rika precis".

Stefan hånflinar och vänder sig sedan mot mig. Blicken är iskall.

"Jaha, och du, är du här och hälsar på din supe-morfar? Kan

det vara så roligt? Alla vet att han bara dricker hela dagarna. Har inte din mormor tröttnat på honom än? Såna skulle buras in!"

Jag känner hur gråten närmar sig. Nej, jag får inte gråta, då blir det bara värre. Jag ställer mig närmare Maja, som försöker morska upp sig.

"Kom ni hit bara för att vara elaka mot Lisa, så kan ni gå med en gång! Vi klarar oss själva!"

Maja gör tecken åt Kalle och mig att gå därifrån och klä på oss. Plötsligt rusar Stefan mot vår klädhög, rycker åt sig mina trosor och klänning och kastar ut dem i sjön.

"Nej!" skriker jag och springer ned till vattenbrynet, vadar ut i sjön och får tag på mina kläder. Nu kommer gråten. Så elakt!

"Supe-morfar, supe-morfar! Det är vad du har!"

Stefan gallskriker samtidigt som han skrattar rått. Flickan från Stockholm grimaserar och skrattar även hon. Jag vrider ur mina kläder så gott det går och går tillbaka upp på stranden. Maja och Kalle klär snabbt på sig och låtsas inte om de andra. Jag springer bakom en buske och tar snabbt av mig baddräkten, tar på de blöta trosorna och drar klänningen över huvudet. Det kan inte hjälpas.

Jag vill inte komma hem utan kläder på mig. Maja ser ledsen ut och klär sig fort.

"Vi skyndar oss hem, här kan man ju inte vara."

Stefan tar upp lite grus och kastar efter oss. Det når inte fram, men allt känns jättehemskt. Jag som skulle ha så roligt i sommar! Det här var ingen bra början. Först morfar som inte hämtade mig och så nu det här. Och hemma ligger mamma och kanske är ännu klenare!

När jag närmar mig mormors och morfars stuga kommer mormor halvt springande emot mig. Hon ser ledsen ut. Morfar ser jag inte till.

"Lisa, älskade barn, vad skall jag göra? Morfar har ramlat omkull på köksgolvet, och jag orkar inte få honom därifrån. Kan du hjälpa mig tror du? Var är Maja och Kalle, har de gått hem till sig?"

”Ja, mormor, de hade lite bråttom, skulle äta tror jag. Jag skall hjälpa dig. Har han slagit sig?”

”Jag vet inte, och jag bryr mig inte! Detta tar aldrig slut! Det blir bara värre och värre! Stackars Lisa, att det skulle bli så här när du är här hos oss!”

”Mig är det inte synd om, men värre för dig, mormor!”

Jag tycker så synd om mormor, men jag kan inte tycka illa om morfar för det. Det går liksom inte, han är alltid så snäll mot mig. Bråkar och skriker aldrig och tittar så snällt på mig. ”Kom och sätt dig här i mitt knä!” brukar morfar säga, och även om jag tycker det är lite jobbigt på något vis, så gör jag ju förstås det. Morfar sätter mig på sitt ena lår, smeker mig lite på huvudet och säger alltid: ”Så fin du är Lisa! Precis som din mamma när hon var i din ålder!”

Ja, alla säger att jag är så lik min mamma, men jag vill inte bli klen som hon är nu. Jag har hört att de vuxna säger att saker går i arv från föräldrar till barn, men jag tror inte allt går i arv. Åtminstone inte det att morfar dricker så mycket sprit, för det har aldrig mamma gjort t.ex. Tur att inte Maja och Kalle följde mig hem. De vet ju om det här med morfar, och de retar mig inte för det, men det är pinsamt i alla fall.

Mormor och jag går in i köket, och där ligger morfar. Han blundar och ser nästan död ut.

”Vi försöker få in honom i salen, där kan han ligga och sova ruset av sig! Dit kommer ingen i alla fall!”

Nej, det är sant, till salen kommer ingen, det är ett stängt rum och ganska kallt för jämnan, även om det är sommar nu. Mormor och jag tar tag i morfar och drar honom mot salsdörren. Det här är inte roligt. Morfar gnyr, och det gör ont i mig då hans huvud nästan hoppar över tröskeln. Jag går efter en filt som ligger över en av sofforna och lägger den över morfar. Även om han är så dum just nu, så skall han väl inte behöva frysa i alla fall. Mormor skakar på huvudet.

”Han kan gott frysa, så kommer han kanske till sans fortare!”

Jag lägger i alla fall filten över honom och mormor tar inte bort den. Vi stänger dörren till salen.

Allt känns obehagligt. Samtidigt som jag tycker väldigt synd om mormor, att hon skall ha det så krångligt med morfar, så tycker jag samtidigt synd om honom. Varför förstör vuxna så här för sig hela tiden? Mormor och morfar kunde ju ha det så bra? De har en härlig liten stuga, mormor har fortfarande ett jobb och morfar kunde ha det skönt som pensionär. Inga bekymmer med pengar har de heller verkar det som, men så finns det här problemet med att morfar hela tiden dricker sprit.

"Lisa, berätta inte det här för någon, det är onödigt, bättre att ingen får anledning att rota i vårt liv".

Mormor ser ledsen ut och stryker mig över håret.

"Men hur länge har det varit så här? Jag minns inte att det var något fel på morfar?"

"Nej, Lisa, du var så liten då att du inte förstod något, men det har plågat mig de senaste tjugo åren tror jag. Jag vet faktiskt inte vad jag skall ta mig till. Det går inte att skilja sig från honom nu, det skulle han aldrig gå med på, och ingen annan i släkten heller. Ingen förstår mig riktigt. Men nu har du sommarlov, och jag vill att du skall ha det roligt och skönt med dina kompisar. Morfar är ju inte våldsam i alla fall, så du behöver inte vara orolig. Tänk inte mer på honom!"

Att inte tänka på morfar är svårt, han finns ju här hela tiden. Nu ligger han där ute på det kalla salsgolvet, alldeles ensam och jätteledsen tror jag. Men jag skall ändå inte säga något till mamma, när hon ringer imorgon, då blir hon kanske ännu klenare.

Nästa dag regnar det och jag skall inte träffa Kalle och Maja. Tant Sigrid har ringt och sagt att de skall passa på att uträtta en del saker i stan. Egentligen skulle jag ha velat följa med och uträtta saker, men jag vet inte riktigt vad uträtta betyder. Mormor förklarar att det är saker som man måste göra i stan, t.ex gå på apoteket eller banken, köpa glass i strut eller några goda ostar hos Nilssons, sådana som inte finns i vår lanthandel. Förr, när mormor och morfar var yngre, bjöd de hem gäster på middag, och då ville mormor ha lite extra fin mat. Då gick hon till Nilssons i stan. Men det var länge sedan mormor och morfar hade gäster.

”Det är inte roligt”, säger mormor. ”Jag kan ju inte lita på att morfar är nykter när de kommer, och då sitter jag på spänn hela kvällen”. Stackars mormor!

Jag skulle förstås vilja köpa lite tyg till en ny klänning åt Fialotta, men mormor har sagt att hon har tygstumpar, så jag får nöja mig med det, även om de är gamla och omoderna. Förresten gör det inte så mycket, för Fialotta är inte heller särskilt modern.

Det är konstigt så lång en dag blir när det regnar hela tiden. Det är som om man är inlåst och inte kan ta sig ut. Men det kan man ju, det är bara att gå ut i regnet, blunda och låtsas som ingenting. Det har jag gjort hemma, men här vågar jag inte, för jag tror inte mormor tycker om det.

En tant kommer på besök till mormor. Hon heter Elsa och bor ett stycke ifrån oss. Hon har ingen man, han är död har mormor sagt, och hon ser lite ledsen ut jämt.

”Lisa, du kan väl gå upp och läsa lite i din bok så länge, så skall jag prata en stund med tant Elsa.”

”Javisst”, säger jag, tar Barnen i Bullerbyn och går uppför trappan. Jag älskar Britta, Anna, Olle och Bosse, de har så roligt och aldrig händer det några tråkiga saker hos dem. Deras pappor är aldrig supiga och mammorna är friska och glada jämt! Men helst hade jag velat höra vad mormor och tant Elsa pratar om. Det kan jag ju inte säga till mormor, för då skulle tant Elsa tycka att jag var ouppfostrad.

Jag kryper upp i den stora stolen och bläddrar fram kapitlet där jag slutade senast. Dörren har inte gått igen och jag hjälpte den inte heller. Kanske hörs det lite nerifrån i alla fall, och det känns inte så fult att råka höra något av det som mormor och tant Elsa pratar om.

”Elsa, jag är förtvivlad”, hör jag mormor säga,” nu har Sven en sån där period igen! Och precis när Lisa är här! Jag vet snart inte hur jag skall orka fortsätta det här livet.”

”Men du måste kunna bli fri ifrån honom, du har ju rätt att leva under drägliga förhållanden! Skilj dig en gång för alla!”

”Jo, jag vet, men det går inte. Jag har pratat med honom så många gånger, och han lovar och lovar att sluta. Han säger att jag skall se framåt och dra ett streck över det som varit, men hur många streck skall jag stå ut med innan jag går under? Han nästan hotar att ta livet av både mig och sig själv om jag tar ut skilsmässa, och inte går det att få någon hjälp heller. Han slår mig ju inte utan bara pratar och pratar. Jag skulle aldrig bli kvitt honom om jag tog ut skilsmässa, det har han gjort klart för mig, och vart skall jag ta vägen? Jag har inget sparkapital, det är det han som har, och han skulle inte ge mig ett öre, eftersom vi har äktenskapsförord. En djävul är han egentligen i mina ögon, trots att han är så fin i kanten, när han är nykter."

"Nej, det är inte klokt, men du måste göra något, snart! Det här går inte, du har ju också ett liv! Ja, se den spriten! Vad den förstör ett helt liv! Kan du inte försöka prata med någon på socialen, någon kvinnojour eller någon psykiatriker?"

"Jag har försökt, men så länge han inte slår mig så kan ingen göra någonting. Jag skulle önska att de kunde låsa in honom och tvinga honom att bli frisk, men så går det inte till. Människan är fri, integriteten och allt det där."

"Jag förstår, du har ett helvete, men nu måste jag gå. Hör av dig närhelst du vill!"

Jag hör allt som mormor och tant Elsa säger, och det låter så hemskt. Vad skall jag säga, om mamma ringer idag? Jag kan inte berätta vad mormor sagt, då blir mamma aldrig frisk igen.

Nu har det slutat regna och jag går nedför trappan till köket. Mormor står vid diskbänken och ser sorgsen ut.

"Mormor, jag går ned till sjön ett tag, det har slutat regna."

"Ja, gör du det, men bada inte, det är för kallt. Imorgon har de lovat sol igen."

Jag skuttar iväg ner mot sjön. Det plaskar om fötterna, stora vattenpussar trängs längs hela stigen. Men jag har stövlar på mig, så det gör inget. Det känns skönt att komma ut i friska luften. Det tråkiga samtalet jag nyss hört och allt regnandet har gjort att jag inte kan känna mig glad. Det droppar från björkarna som böjer sig ner över stigen i djupa bockningar, men allt är stilla igen, så jag fryser inte.

Sjön ligger alldeles blank och jag tar upp några flata stenar för att kasta ”smörgås”. Det går riktigt bra, stenarna hoppar flera gånger innan de försvinner i vattnet. Tänk att en sten kan hoppa på vatten!

Plötsligt ser jag tre figurer vid skogsbrynet. Vilken otur! Jag vill inte träffa någon nu, och jag upptäcker strax att det är Stefan och Mikael och den där flickan från Stockholm. De närmar sig mig och ser elaka ut.

”Jaså, är det lantisen med supe-morfar som vågat sig ut?”

Stefan blänger på mig, och Mikael och flickan skrattar till.

”Jag har väl inte gjort er något! Låt mig vara!”

Gråten fastnar i halsen och jag anstränger mig att låta bestämd. Stefan närmar sig alltmer och rycker tag i min jacka. Så knuffar han till mig och jag faller bakåt. Det gör ont i huvudet, som träffat en sten.

”Vi vill inte ha lantisar här som har supiga släktingar. Och förresten är du jättedålig på att kasta smörgås, jag kan kasta dubbelt så långt!”

”Gör det då”, skriker jag, och hasar mig upp på benen. Det gör fortfarande ont i huvudet, men det har inte gått hål på det.

”Stefan, låt henne vara”, säger Mikael. Han är i alla fall lite snällare, det har jag alltid tyckt, och jag tror t o m att han gillar mig ganska bra, om bara inte Stefan vore med. Flickan från Stockholm bara flinar, men säger ingenting.

”Jag tycker vi kan leka alla fyra”, säger plötsligt Mikael och tar mig i handen. ”Vi har börjat bygga en koja där borta och du kan vara med om du vill.” Stefan ser lite skamsen ut, men protesterar inte.

”Förlåt,” säger han och jag nickar till svar. Kanske har de ändrat sig och förstått att det inte är mitt fel att morfar super. Jag vill gärna vara vän med dem och flickan från Stockholm kanske inte är så dum när man känner henne bättre.

”Hej, jag heter Beatrice. Nu är vi vänner igen, det är väl bra?”

”Vilket vackert namn”, säger jag.”Skall du vara här länge?”

”Vet inte så noga, men några veckor blir det nog. Vi måste ju bygga färdigt kojan!”

De drar iväg med mig bort från sjön och upp en bit i skogen.

Lite kusligt känns det, men nu tror jag de är snälla och inte bara låtsas att jag får vara med.

”Stefan och jag har byggt länge” säger Mikael, ”men nu när Beatrice kom, så har hon varit med några gånger också. Visst är den fin?”

Han pekar plötsligt upp i ett lövträd, och där skymtar jag en massa brädbitar, spikar som sticker ut lite här och var samt en hel del bräder på marken nedanför. En smal trappa leder upp till kojan, och den har de säkert också byggt helt själva.

”Den är ju inte färdig än, men det fattas inte så mycket för att man skall kunna sova där t.o.m.”

Mikael låter stolt och vänder sig mot Stefan, som även han ser stolt ut, men som tittar på mig på ett sätt som inte känns bra.

”Vill du pröva att klättra upp? Stegen håller.”

Jag tittar mig omkring, men ser att de alla tre vill att jag skall pröva på stegen. Ja, det kan ju inte vara så farligt, så jag närmar mig och börjar klättra uppåt. Det knakar lite i den, men den verkar ganska stadig. Väl uppe öppnar sig ett riktigt stort hålrum, som det är helt möjligt att krypa in i och det gör jag. Lite mörkt är det ju därinne, men man ser i alla fall att rummet är rätt så stort. Det är ganska långt ner till marken, nästan så att jag inte vågar titta ner.

”Är utsikten fin?” ropar Stefan och flinar upp mot mig. ”Då kan du titta på den ett tag till, för nu har vi inte tid att vara här längre - kom vi just på!”

Plötsligt ser jag hur de drar loss stegen och lägger den på marken. Alla tre skrattar elakt och börjar springa därifrån.

”Stopp! Ni kan inte lämna mig häruppe! Jag vill ner!”

De är redan långt borta, jag bara hör hur det prasslar i skogen. Så elakt, elakt! Det här är alls inte roligt! Varför har de lurat mig? Jag har ju inte varit dum mot dem? När jag tittar ned mot marken förstår jag genast att det inte går att hoppa, då skulle jag bryta alla armar och ben på en gång. Inga grenar finns det heller att klättra på. Vad skall jag göra? Gråten närmar sig, men jag tänker inte låta den komma. Mormor är säkert redan orolig. Jag som inte ville vara till besvär för henne i sommar. Men det är ju inte mitt fel? Varför var inte Maja och Kalle hemma idag, så hade jag sluppit ifrån det här? Dem kan jag alltid lita på. Nu tänker jag aldrig mer vara med Mikael och Stefan och den där Beatrice. Fy vad knäppigt av dem att göra så här mot mig! Beatrice som låtsades vara så snäll och kamratlig alldeles nyss!

”Hjääääälp!” skriker jag så högt jag kan.

Ingen hör förstås, eftersom det bara är skog runt omkring. Nu börjar jag gråta och tänker på mamma som är klen, på min lillebror, som jag hade kunnat passa istället för att vara här hos mormor och morfar i sommar. Jag tänker på morfar, som kanske ligger där på salsgolvet utan filt och fryser och på mormor som hela tiden är arg på honom och låter honom frysa. Hon har säkert tagit bort filten på honom. Det prasslar under mig. En liten räv syns bland grenarna. Rävar är väl inte alls farliga och dessutom kan de inte klättra. Det börjar kännas lite kallt eftersom det blåser mer nu. Det susar i trädet och jag är nästan rädd att kojan skall blåsa ned. Nej, det kan den väl inte! En trasmatta ligger på golvet och jag sträcker ut mig på den. Plötsligt är jag jättetrött...

Jag vaknar med ett ryck och hör röster i närheten. Hur länge har jag sovit? Det känns kallt och fuktigt.

”Lisa, är du där?” Mormors röst hörs alldeles nära. Jag tittar ut från kojan och ser mormor och tant Sigrid stå där nedanför. Bredvid dem står två figurer till och snart ser jag att det är Kalle och Maja.

”Lisa, vi ställer upp stegen så kan du komma ner!” Det är Kalle som ropar.

Snart står stegen lutad mot trädstammen och jag börjar försiktigt klättra nedför. Mormor kommer emot mig och kramar om mig hårt.

”Lisa, älskade unge, varför blev det så här? Fryser du? Kom så skall jag värma dig med filten!”

Mormor lägger en filt om mig och det känns genast skönare. Maja och Kalle kommer emot mig och kramar mig också.

”Hur kan man vara så nedrig?” säger Kalle. Maja kramar mig hårt och jag känner att allt det hemska är över.

Det visar sig att mormor började bli orolig när jag inte kom hem och hon började ringa runt till alla som vi kände och som kunde veta något. Till sist kröp det fram hos Mikaels familj att jag blivit lämnad i kojan och inte kunde ta mig ned. Maja kramar min hand på vägen hem genom skogen och jag är inte längre rädd. Vi säger farväl till tant Sigrid, Maja och Kalle och kommer snart hem till mormor. Det första jag tänker på när jag kommer hem är morfar, men han syns inte till.

"Var är morfar?" frågar jag.

"Bry dig inte om honom du, nu är det du som gäller, och du skall få lite mat genast. Jag har köttbullar och makaroner alldeles färdiga, du måste ju vara utsvulten!"

Jo, jag är jättehungrig, men allt känns så konstigt. Var är morfar? Jag vågar inte fråga igen utan sätter mig vid bordet och börjar äta. Det är gott, jag älskar köttbullar! Varför var Stefan, Mikael och den där Beatrice så dumma mot mig? Tur att jag har Kalle och Maja i alla fall. Men den här sommaren ser inte ut att bli någon höjdare precis.

"Har mamma ringt"?

"Jo, hon ringde när du var i kojan, men jag ville inte säga något för att inte göra henne orolig. Du kan väl ringa tillbaka nu efter maten, eller hur? Hon lät i alla fall lite piggare på rösten."

Plötsligt kommer morfar in i köket och han ser verkligen inte pigg ut.

Han går så sakta och ögonen stirrar på något konstigt sätt. Mormor blänger på honom.

"Tänker du äta något, eller är det bara drickat som gäller?"

Morfar svarar inte, men kommer fram till mig och ger mig en klapp på huvudet. Han är så långsam i rörelserna och det luktar illa ur munnen på honom.

"Lisa, vill du följa med mig ut och fiska imorgon?" säger morfar och sneglar lite mot mormor.

"Det får vi allt se imorgon i så fall, det bestämmer jag!" Mormor tittar ilsket på honom och fnyser till.

"Jamen, jag vill gärna fiska", svarar jag och försöker le mot morfar, "det vore jätteroligt!"

Jag måste försöka vara snäll mot morfar, eftersom han är så

ledsen, och det kan väl inte vara någon fara att fiska med honom om han ser riktig och vanlig ut.

När jag har lagt mig på kvällen hör jag hur mormor och morfar pratar ute i köket.

"Det säger jag dig, att är du inte nykter imorgon, så blir det inget fiske med Lisa, det måtte du väl begripa! Att ta med en liten unge ut i båten är ett stort ansvar, och du understår dig inte att ha med någon flaska!"

"Nejdå, jag skall vara pigg som en mört!" svarar morfar, och så hör jag hur han drar sig ifrån köket till TV:n.

Jag skulle så gärna ha velat att Kalle och Maja följde med i båten, men det vill jag inte säga. Det kan bli för trångt, en eka är inte så stor. Jag vet att det finns flytvästar och en sån vill jag förstås ha på, det måste jag också har mormor sagt . Jag är ju duktig på att simma dessutom, men hamnar man i vatten med kläder på så är det inte så lätt. Det har jag prövat en gång i simskolan därhemma. Nu känner jag mig ganska trött i alla fall och ger Fialotta en hård kram. Hon får nog stanna hemma, hon kan ju inte simma.

Nästa dag skiner solen och det blåser inte alls, en fin dag för en fisketur. Vi äter frukost tillsammans alla tre och morfar verkar glad och pigg. Mormor gör i ordning lite saft och kaffe och bullar och lägger allt i en ryggsäck. Morfar tar fram metspöet, hämtar en hink och ordnar med bete. Båten är verkligen inte stor, men det finns plats för fyra personer i alla fall, och då kan alla sitta. Men nu är vi ju bara två, så det kommer inte att kännas trångt. Så hämtar morfar två flytvästar och sätter på mig den som är minst. Den passar bra och känns inte i vägen. Den andra tar han över axeln och så tågar vi iväg mot sjön. Det skall bli jätteroligt och jag hoppas vi får lite fiskar, helst abborrar, de är godast. Gäddorna är så stora och vassa i tänderna att jag nästan är lite rädd för dem. Men morfar säger att dem kan man slänga tillbaka i sjön om man tar loss dem försiktigt från kroken.

Vi skall ro ut, för båten har ingen motor, men det tycker jag känns bäst. Motorer låter så mycket och man hör inte om någon pratar. Sjön ligger nästan blank, den bara vågar sig lite lätt i ena änden. Solen värmer redan och jag kryper in min hand i morfars. Han kniper till, men inte hårt och han kisar mot mig.

”Så roligt, Lisa, att du vill följa med morfar och fiska! Du ska se att vi kommer att få riktigt fina abborrar. Jag vet ungefär var de håller till. Det finns en vase där borta vid västra kanten av sjön, så dit skall vi ta oss.”

Morfar hjälper mig upp i båten och själv gör han loss repet som håller fast den vid bryggan. Så är vi iväg. Jag sitter längst fram och morfar tar tag i årorna och börjar ro. Båten klyver vattnet på ett härligt sätt, det känns som om man klipper med en sax i sammetstyg, och jag känner mig så glad. Egentligen är det synd att inte mormor också kunde följa med, men hon tycker inte om att vara på sjön har hon sagt. Jag vet inte varför, kanske beror det på att hon faktiskt inte vill göra saker med morfar, och när jag tänker så, så känns det ledsamt. Men nu vill jag inte tänka på det utan väntar på alla abborrar vi skall fiska upp och sedan komma hem till mormor med dem, och då blir hon säkert jätteglad igen! Morfar ror och ror och snart närmar vi oss vasen han berättat om.

”Här är den!” ropar han plötsligt och slutar ro. Han lägger upp årorna i båten och börjar ordna med fiskespöet. Så kastar han ut linan och vi börjar titta på flötet hela tiden.

”Du skall få försöka snart”, säger han, ”vi skall bara se om det är några små fiskar här idag.”

Det dröjer inte länge förrän det börjar guppa i flötet och morfar vevar upp linan. Se där! En liten, liten abborre sprattlar på kroken. Det är nästan som om jag tycker synd om den och hoppas att han kan komma loss. Men morfar tar tag i den och får den försiktigt av kroken. Så knäcker han till den och den slutar sprattla. Nu ligger den i en plasthink vi har med oss och jag tittar lite sorgset ned på den stackars fisken. Det är sorgligt att behöva döda djur, det har jag alltid tyckt, men morfar säger att fiskar inte känner någonting, och då försöker jag tro på honom.

”Nu är det din tur, Lisa!”

Morfar sätter på ett nytt bete och sträcker över kastspöet till mig. Det känns lite långt och svårt att hålla i rätt, men morfar hjälper mig att kasta ut. Nu får jag hålla det alldeles själv och jag stirrar på flötet. Det ligger alldeles stilla. Det går en liten tid, som känns som långa minuter, men så börjar det rycka i flötet igen.

”Vad gör jag nu?” ropar jag till morfar.

”Lugn!” svarar han, ”veva upp försiktigt nu, så han inte släpper taget!”

En stor abborre har fastnat på kroken, och jag stirrar på den. Den är större än den morfar fick upp, och jag sneglar på honom för att se om han verkar besviken. Nejdå, han skrattar högt och tar tag i fisken, lirkar den försiktigt av kroken och knäcker den i huvudet. Det känns så hemskt tycker jag, även om man säger att fiskar inte känner någonting. Det är klart att de känner att de håller på att dö, konstigt vore det ju annars! De är ju levande varelser precis som alla andra djur. Jag tror inte ett dugg på det där pratet. Men nu känner jag mig stolt som har fångat en så stor abborre.

”Det här måste vi fira!” säger morfar och tar fram ryggsäcken med fikat. Han plockar upp saften, bullarna och kaffetermosen, men så tar han också fram en liten flaska från insidan av jackan.

”Men morfar, du lovade ju…”

”Lugn, Lisa, det här är bara en liten styrketår, en riktig fiskare tar alltid en sådan, då han får ordentligt napp!”

Det där tror jag heller inte på ett enda dugg, men jag vill inte säga något mer, och morfar tar en slurk direkt ur flaskan. Så andas han ut, så att det hörs, och sticker in flaskan i innerfickan igen. Det var så roligt ända fram till nu, och jag tycker inte längre det är kul att fiska. Men jag tar i alla fall en bulle och häller upp lite saft i en mugg. Bullen smakar nygräddad nästan och saften är lagom söt och fortfarande lite kall. Nu känns det bättre i magen, och jag tittar ned på de två abborrarna som ligger där helt döda.

”Ska vi steka dem ikväll?” frågar jag morfar.

”Javisst, men vi måste väl ta några till innan vi ror hem igen.”

Morfar dricker lite kaffe och sväljer nästan en hel bulle på en gång. Efteråt kastar han ut linan igen och vi stirrar stint på flötet.

Det händer ingenting på en lång stund, och jag börjar nästan tro att alla fiskar är slut på det här stället. Men så börjar flötet guppa igen.

Morfar vevar och vevar och det verkar ta emot ordentligt.

"Det här är gammelgäddan!" säger han och jag ser hur spöet böjer sig som i en båge. Snart är linan slut och en jättegädda visar sig över vattenytan. Den sprattlar ordentligt och morfar verkar ha svårt att få upp den.

"Lisa, fram med hinken! Det här är en baddare!"

Jag håller fram hinken under gäddan som verkar väldigt arg, och jag blir rädd. Morfar lyckas få tag om den med ena handen och med den andra bänder han den av kroken försiktigt.

"Den här vill vi inte ha," säger han, och låter gäddan simma ut i sjön igen.

"Men har den inte ont i munnen nu?" frågar jag och försöker titta efter gäddan vart den tog vägen.

"Nejdå, den känner ingenting och återhämtar sig snart. Gäddor vill inte mormor ha, och de har så mycket ben, så det är svårt att äta dem, men det är alltid roligt att lyckas fånga en."

Morfar tar fram flaskan från fickan igen och tar sig en rejäl slurk. Det ser ut så i alla fall. Han harklar sig och pustar, och jag känner att jag inte alls tycker det är roligt längre. Hur skall jag få honom att ro tillbaka till land genast?

"Morfar, jag måste gå på toaletten, kan vi inte ro tillbaka?"

"Jamen, kissa kan du göra lätt här ombord, jag kan hålla dig över båten."

Hjälp, det vill jag absolut inte, jag tror inte morfar kan hålla i mig, så jag försöker igen.

"Men jag måste göra mer", säger jag och hoppas han förstår att bajsa kan man inte göra från en båt.

Jag är inte ett dugg bajsnödig, men nu vill jag inte vara med morfar ute på sjön längre.

"Ja, ja, det var ju synd, men vi får väl åka ut en annan dag."

Morfar börjar lägga spöet tillrätta, samlar ihop muggarna, kaffetermosen och bullpåsen i ryggsäcken, men så tar han fram flaskan igen.

”En liten, liten hutt måste vi fira med, det är inte var dag man får så mycket fisk!”

Vi? Fira? Mycket fisk? Två ynka abborrar och en utslängd gädda? Morfar börjar bli lite annorlunda i rörelserna, han svänger med armarna och rösten är starkare. Tänk om mormor hade varit med! Då hade jag känt mig lugnare, men nu gäller det att ta sig i land. Varför är vuxna så ansvarslösa? Ansvarslös lärde oss vår skolfröken alldeles före terminsslutet. Ett långt och svårt ord, men jag tror jag förstår det. Man bryr sig inte, man tar inte ansvar för andra eller ens för sig själv. Men vilka skall ta ansvar, om inte de vuxna? Skall vi barn ta ansvar för de vuxna? I så fall tycker jag det är orättvist. De skall ju lära oss! Är det inte därför vi går i skolan? Är det inte därför vi har föräldrar, mormor, morfar, farmor och farfar? Jag är fortfarande inte bajsnödig, men nu vill jag iland, fortast möjligt.

Morfar ror, alldeles för sakta, tycker jag, men det går i alla fall framåt, och sjön är fortfarande bara lite krusig. Jag ser ett par lommar på långt håll. Dem har jag lärt mig i skolan, jag vet hur de ser ut och de simmar jättefort under vattnet, men de är inte så duktiga på att flyga. Nu dyker den ene och snart kommer den andra att dyka också. Det gör den, och jag tittar längre fram för att se var de dyker upp igen.

”Ser du morfar, lommarna har dykt, och nu kommer de snart upp igen, långt bort!”

”Ja, ja, Lisa, de kommer snart upp där borta!”

Morfar pekar bortåt sjön, och nu dyker de upp. Vilka fina fåglar! Men de låter väldigt sorgsna, och hör man dem på natten, så kan man bli riktigt rädd.

Nu närmar vi oss land, men morfar tar fram sin flaska igen. Måtte vi komma fram, innan han blir så där annorlunda. Han fortsätter att ro, men armarna rör sig saktare och han har inget riktigt bra grepp om årorna verkar det som. Tänk om mormor står på stranden! Då blir det inte roligt. Hon kommer att skälla på morfar och det är det värsta jag vet. Det är så hemskt. När vuxna skäller på varandra vill jag helst försvinna, inte höra och inte se dem.

Så är vi framme och morfar lyckas binda fast båten, efter att vi båda klivit ur med metspöet, ryggsäcken och hinken. Morfar är inte stadig på benen, det märker jag nu, men mormor är i alla fall inte vid stranden. Vi går sakta upp mot stugan, och snart skymtar jag mormor som kommer emot oss.

Jag ser att hon stirrar på morfar och hon ser jättearg ut. Mormor vet alltid när morfar druckit. Hon ser det på honom genast har hon sagt till mig en gång. Det syns på blicken säger hon. Den är stirrig och blank. Han kan inte lura henne. Hon kommer fram till morfar och plötsligt smäller hon till honom över ansiktet. Jag springer mot huset.

”Måste på toa!” skriker jag och rycker upp dörren till huset. Nu vill jag inte vara med. Är inte ett dugg nödig, men jag låtsas ha bråttom. Jag går inte alls in på toaletten utan ställer mig bakom dörren och tittar försiktigt mot mormor och morfar. Jag hör allt de säger, eller rättare sagt skriker till varandra. Ja, det är mormor som skriker, men morfar hör jag inte mycket av.

”Ditt urusla fä! Så hade du med en flaska i alla fall! Du lovade ju? Hur kan du utsätta flickstackarn på det här viset? Har du ingen skam i kroppen? Nehej, det har du ju inte! Men nu har du satt din sista potatis vad gäller fisketurer! Du är ju otillräknelig!”

”Otillräknelig” förstår jag inte, men allt det andra som mormor skrikit har jag förstått. Morfar svarar inte över huvud taget, han bara tittar i marken och ser ledsen ut.

”Du kan stanna ute, vi behöver dig inte inne i huset, du är bara till förfång, och jag är less, less, less! Svin!”

Mormor kommer in och låser dörren. Hon ser rasande ut, tar tag i mig och kramar om mig hårt.

”Älskade unge, varför skall du behöva vara med om det här? Det är ingen ände på bedrövelsen! Var du rädd? Du skall aldrig mer åka ut i båt med morfar! Det skall jag se till!”

”Mormor, jag tror inte han drack så mycket, han kunde ju ro i alla fall, och det gick ju bra. Jag var inte alls rädd,” ljög jag. ”Vi fick två fina abborrar och jag drog upp den största! Så fick vi en gädda också, men den släppte morfar tillbaka.”

”Nej, någon gädda vill jag inte ha, den är bara full med ben.

Men nu skall jag rensa abborrarna, så skall du få dem till kvällsmat, de är jättegoda!”

Mormor börjar rensa fiskarna och jag står bredvid hela tiden. Det verkar svårt att få av skinnet, men mormor har nog gjort det här flera gånger förut. Det blir inte så mycket kvar av abborrarna när det hela är färdigt, fyra små filéer bara.

Mamma och pappa ringer på kvällen och jag pratar med dem båda. Mamma verkar lite piggare, hon är inte så långsam på rösten och jag blir glad. Både mamma och pappa säger att de längtar efter mig, men att jag nog har det riktigt bra hos mormor och morfar och roligare, eftersom jag har lekkamraterna Maja och Kalle. När mamma blir ändå lite bättre skall de komma alla fyra och hälsa på, säger pappa, med Hannes och Anna. Jag säger ingenting om morfar och allt som hänt hittills med hans flaskor, fisketuren och att han inte hämtade mig vid tåget. Det är onödigt känns det som, och jag vill inte att de skall vara oroliga. Hoppas bara att morfar inte är såhär när mamma kommer. Mormor pratar med dem också, men hon säger heller ingenting om morfar. Varför gör hon inte det egentligen? Jag tror mamma vill veta vad som händer.

Nästa dag träffar jag Maja och Kalle igen. Vilken tur! Det har varit så tråkigt det senaste som hänt med fisket och allt, och nu vill jag inte tänka på det, utan bara vara med Maja och Kalle.

Vi beslutar oss för att söka upp kojan vi började bygga förra sommaren, men den ligger inte alls där som Stefan och Mikael har sin koja. Vi tar med lite matsäck i ryggsäckarna och börjar gå nedåt stigen mot sjön. Sedan svänger vi av mot kojan. Det luktar lite fuktigt i skogen, men det är ganska varmt och vi har bara shorts och T-shirts på oss. Mina gymnastikskor blir lite våta framme i tån, men det gör ingenting, för det känns inte kallt. Maja håller mig hela tiden i handen och Kalle går först. Det är ju han som är störst och kan mest, så det känns nästan tryggt att han går först, som om han skyddar oss i skogen. Vi är ju inte rädda för något djur förstås, det enda som kan komma framskuttande är väl bara ett rådjur eller en räv, eller så kan en skogsfågel flyga upp, men vargar och björnar var det längesedan man träffade på i den här skogen. Ja, varg har man sett, men björn finns väl ändå inte, även om det var en gubbe förra året som var så bestämd på att han sett en björn. Det tror jag inte att det var.

"Nu är vi snart framme", säger Kalle och vänder sig om mot oss. "Här är det riktig skog, se så höga granarna är! De här är jättegamla!"

Det börjar bli lite glesare mellan träden, och där, där är kojan! Det syns inte så mycket av den mellan grenarna på granen, men den är kvar i alla fall. Det pirrar en smula i min mage när jag får syn på den. Det är spännande med kojor, man får så många fantasier när man sitter uppe i en koja. Men jag tror att jag redan har glömt den hemska kojhändelsen för några dagar sedan. Så gör ju inte Maja och Kalle i alla fall, dem kan jag lita på.

Det finns ingen stege till vår koja, men det går fint att klättra på grenarna i granen, de sitter precis på rätt ställe. Kalle klättrar upp först. Det knakar lite i grenarna men de håller. Då skall de nog hålla Maja och mig också, Kalle väger ju mest. Jag låter Maja kliva upp efter Kalle, hon är ju minst. Så är det min tur och jag svingar mig upp ganska lätt. Så, då är vi här alla tre! Kojan är ju inte stor, så vi får sitta ganska tätt ihop, men det gör ingenting. Kalle tog upp ryggsäcken också, och nu börjar han plocka fram matsäcken.

"Är ni hungriga, tjejer? Här finns lite av varje!"

Hårda ostmackor med gurka på och en stor saftflaska. Jag är faktiskt lite hungrig och griper en av de tre smörgåsarna. Ja, hårda mackor var väl att ta i, de har hunnit bli alldeles mjuka, men det gör ingenting. Gurka är jag inte så förtjust i, men tant Sigrid har ju gjort mackorna och då skall det alltid vara någon grönsak med. "Glöm inte att äta grönsaker, barn! Det är väldigt viktigt att man får i sig alla vitaminerna som är i grönsaker", brukar hon alltid säga. Frukt tycker jag om, och det är också jättemycket vitaminer i både äpplen, apelsiner och päron, men grönsaker är lite smaklösa och tråkiga. En gång fick jag sitta kvar vid middagsbordet en hel timme med en morotsstuvning, som jag inte alls tyckte om. Men just den dagen hade tydligen mamma fått för sig att jag skulle äta upp allt. Om morötterna åtminstone inte hade varit stuvade! Råa morötter är inte så dumt, dem kan jag knapra i mig.

Vi smackar och knaprar på hårdmackorna, men det hörs nästan ingenting.

”Har ni ätit hårt bröd utan att det hörs?” frågar Kalle och börjar skratta.

”Jamen, de är goda i alla fall tycker jag,” svarar Maja och skiner i hela ansiktet. Maja är så glad för att hon får vara med Kalle och mig. Vi är ju faktiskt två år äldre än hon, ja, Kalle i alla fall. Maja är bara åtta, och Kalle och jag är ju födda samma år, men Kalle i januari och jag i november, så det är nästan ett helt år mellan oss, trots att vi skall börja fyran båda två i höst.

Det är något visst med kojor. Lite spännande och hemligt. Här kan inga vuxna förstöra med att säga svåra saker, dricka sprit eller vara sjuka och prata om allt otäckt. Jag vet inte ens om jag vill bli vuxen, när jag tänker efter.

”Vill du bli vuxen Kalle?” frågar jag plötsligt och Kalle tittar lite förvånat på mig.

”Det är klart att jag vill, jag skall bli arkitekt och tjäna massor av pengar. Så skall jag bygga ett jätteflott hus och köpa en stor Mercedes!”

”Får jag vara med då i ditt stora hus? Får jag också bo där?” frågar Maja och tittar storögt på sin bror.

”Nej, det kan du ju inte, för jag kommer att ha en fru och många barn kanske, men du får komma och hälsa på förstås, och det får du också, Lisa!”

”Skall vi bygga en jättekoja då och ha lika roligt som nu?” undrar Maja, och Kalle klappar henne på kinden och ser stolt ut.

”Jadå, Maja, kanske kan vi bygga en riktig superkoja, jag är ju arkitekt då!”

”Vad är egentligen en arkitekt?” frågar Maja.

”Det är en farbror som ritar hur ett hus skall se ut, och sedan får en byggnadsfirma bygga det.”

”Kan inte flickor också bli arkitekt?” undrar jag, ”det låter roligt, jag är jättebra på att rita!”

Kalle skrattar och säger att visst kan flickor bli arkitekter, men de flesta är ändå pojkar. Flickor blir sjuksystrar eller småskolelärarinnor, eller så tar de hand om sin man och sina barn.

"Det låter lite tråkigt," säger jag, "jag vill bli något viktigt, och det är inte säkert att jag ens vill gifta mig. Det verkar så besvärligt att vara gift och hela tiden bry sig om någon annan, som kanske inte är snäll mot en heller. Nej, jag tänker vara själv."

"Men jag vill bli som mamma", säger Maja, "jag vill ha en man och många barn och sköta om dem!"

Maja tittar lite förvånat på mig, och så pratar vi inte mer om den saken. Vi sitter kvar i kojan och lyssnar på susandet från träden. Det är så hemligt och mysigt. Ingen vet att vi har en koja just här. Det börjar blåsa lite grand, och det knakar i kojan. Inte så att vi blir rädda förstås, men det nästan svajar en smula. Maja trycker sig närmare mig och tittar med stora ögon mot trädgrenarna.

"Tror ni att vi kan blåsa bort här?" undrar Maja, och ser lite förskräckt ut.

"Nejdå, det här är ingen riktig blåst, bara lite frisk vind, som de säger på TV. Ingenting kan hända, den här kojan är ordentligt säker, det vet jag."

Nu är smörgåsarna slut och saften nästan urdrucken. Vi beslutar att lämna kojan för den här gången och ge oss av hemåt. Maja och Kalle måste vara hemma klockan två och nu är hon strax halv.

Vi börjar kliva ned och jag går först. Sedan kommer Maja och Kalle hakar på haspen ordentligt, så att dörren till kojan inte skall blåsa upp.

"Vi kan komma tillbaka imorgon, vill du det Lisa?" Kalle är så stolt över kojan, eftersom det är mest han som byggt den, gjort de svåraste sakerna och Maja och jag hjälpt till.

"Javisst, det är klart att jag vill! Hämtar ni mig efter frukost?"

Så springer vi hemåt och skiljs åt vid vägen som går upp mot mormors och morfars hus. Hoppas det inte hänt något otrevligt med morfar igen. Jag är nästan lite rädd, för han såg inte så pigg ut imorse. Mormor sitter på trappan och håller huvudet i händerna. Så rycker hon till då hon får se mig och jag ser att hon gråtit. Nu har det hänt något med morfar.

”Vad är det mormor? Varför gråter du?”

”Älskade Lisa, tänk att du skall behöva vara med om det här! Morfar har kört bil och blivit tagen av polisen och nu kommer de säkert att ta hans körkort! Det kommer att ta knäcken på honom och han blir ännu värre! Vad skall jag göra? Jag skäms så förfärligt! Det här kommer alla att få reda på!”

”Jamen, det är ju inte ditt fel, så du skall ju inte behöva skämmas! Det vet väl alla att det inte är du som dricker så där!”

”Jo, men jag skäms över att vara gift med en sådan här person, och att jag inte lyckats skilja mig från honom, det tycker ju alla att jag borde ha gjort för länge sedan.”

”Var är morfar nu? Inne i stugan? Är han ledsen?”

”Javisst är han ledsen, men det är för sent för den kraken! Jag orkar inte längre!!”

Jag går fram till mormor och ger henne en kram. Mitt sommarlov känns inte som något sommarlov längre, och jag önskar plötsligt att jag kunde få åka hem igen, fort. Men samtidigt tycker jag så synd om mormor och det vore fegt att säga att jag vill åka hem. Jag tycker ju jättesynd om morfar också på något vis. Han vill säkert inte att det skall vara så här, men han klarar inte av det. Så mycket har jag nu förstått om ”sprithäxan”. Ja, det är en sprithäxa, en riktigt dum häxa som tvingar folk att dricka sprit. Jag undrar var i kroppen den där häxan bor? Är det i magen eller i huvudet eller kanske i hjärtat? Varför kan man inte förbjuda sprit över huvud taget, så blir det inga tråkigheter mer? Och cigaretter, jag tycker man borde förbjuda all rökning också, för det har jag hört att folk dör av att röka, och så förstör de en massa luft för andra människor. Och morfar som både röker och dricker för mycket, han kan ju dö av två saker.

Jag vill inte tänka på döden, och särskilt inte nu, när mamma är klen. Tänk om hon skulle dö? Då blir vi alldeles ensamma, pappa, Anna, Hannes och jag. Och pappa som inte kan laga särskilt mycket mat? Nej, jag vill inte tänka på det där, mamma blir alldeles säkert frisk snart igen och då kan jag åka hem.

Jag går in i huset och hittar morfar på soffan i TV-rummet. Han ligger där och tittar upp i taket. Jag kommer fram till honom och stryker honom lite försiktigt på pannan.

”Hur är det morfar? Är du trött?”

”Åh, lilla Lisa, ja, jag är ganska trött. Har du haft roligt i kojan idag?”

Det luktar inte så gott från morfar när han pratar, och pannan är svettig. Ögonen rullar liksom fram och tillbaka och han låter rasslig på rösten.

”Ja, vi har haft jätteroligt! Kojan är så fin och den klarar både blåst och regn. Vi hade med matsäck och det var så mysigt med Kalle och Maja. De är jättesnälla!”

”Så bra då”, säger morfar, och försöker klappa mig på kinden, men handen slinter och han orkar inte få upp den igen. Jag lämnar honom och går ut till mormor igen. Hon står ute i trädgården och rycker i ogräset. Så jobbigt det är för mormor! Hon måste göra nästan allt nu, det är inte mycket morfar hjälper till med. Jag börjar rycka bort ogräs också, det är inte så roligt, men just nu känns det som om jag måste försöka hjälpa mormor lite grand. Mormor säger att mamma har ringt, och hon mår bättre nu. De kommer kanske hit alla fyra och hälsar på nästa vecka. Oj, vad roligt det låter! Men då får verkligen inte morfar krångla och visa mamma hur han är, för då kanske hon blir klen igen. Pappa kanske kan tala med honom. Pappa är så duktig på nästan allting, utom att laga mat. Men han är alltid snäll mot oss barn och mot mamma också, och han dricker väldigt sällan någon sprit. Om han dricker något, så är det mest öl och kanske något de kallar ”snaps” ibland. Men väldigt sällan, bara på lördagar och så.

Tänk om pappa kunde tala morfar tillrätta! Då skulle jag bli så glad! Det vore just nu det bästa som kunde hända i hela världen.

Nästa dag kommer två män till vårt hus. De ser vanliga ut och kommer i en Saab. Jag vet hur en Saab ser ut, och en Volvo också förresten, men alla andra bilar kan jag inte hålla reda på. Det här är i alla fall en Saab. De knackar på dörren och mormor öppnar lite försiktigt. Jag står lite bakom henne och jag känner att mormor egentligen inte vill öppna. Vad är det för personer?

"God dag, fru Larsson, vi är från polisen."

Jag ser hur mormor rycker till. Farbröderna ser snälla ut, men jag blir också rädd när de säger att de är från polisen. Gäller det morfar? Det måste det göra, hans körkort...

Mormor öppnar dörren lite mer och ber de två farbröderna komma in.

"Det är bättre att prata här inne", säger hon, och poliserna kommer in i huset.

"Vi måste dessvärre ta körkortet från er make, herr Larsson, och ni förstår ju varför, eller hur? Han kommer att få meddelande från Tingsrätten snart och anmodan om inställelse."

Jag ser hur mormor blir blekare i ansiktet och sneglar bort mot mig.

"Lisa, gå in på ditt rum, så skall jag prata med herrarna."

Jag drar mig sakta bort mot mitt rum, men hör hur mormor fortsätter prata.

"Jag skall hämta det på en gång, vänta lite!"

Mormor går med snabba steg och hämtar morfars körkort ur hans plånbok. Hon sträcker fram det till poliserna. Jag ser allt, eftersom jag inte gått ända in på mitt rum.

"Tack, det var bra, nu kan han ju inte köra, när han inte har ett körkort att visa upp, men det blir ju som sagt utredning senare. Vi vill också ta hand om hans jaktgevär."

"Varför det?" säger mormor med darrig röst. "Han är ju inte farlig!"

"Jo, men det är reglerna i sådana här situationer. Personer med alkoholproblem bör inte inneha skjutvapen av något slag."

"Men ni har faktiskt inte legitimerat er, jag vill se er legitimation, innan jag hämtar hans gevär."

"Naturligtvis, fru Larsson, förlåt, den borde vi ha visat från början, vi ber om ursäkt."

Poliserna sträcker fram ett kort. Jag vet inte riktigt vad det handlar om nu, men de måste kanske visa vilka de är på något sätt. Det finns folk som har ett pass, och det visar ju vilka de är. Det här är nog något liknande. Mormor tittar noga på det och nickar.

”OK, jag skall hämta geväret, men det kommer att knäcka honom totalt.”

”Ja, vi är ledsna, fru Larsson, men vi har våra regler.”

Mormor går in i salen, hämtar nyckeln i en liten låda i byrån och öppnar skåpet där morfar förvarar sitt gevär. Hon bökar lite för att få ut geväret, men snart har hon det i handen och går tillbaka till poliserna.

”Här!” säger hon och sträcker fram det. Jag ser hur hon ser arg ut och munnen darrar lite.

”Jag vill ha ett kvitto”, säger hon och kastar huvudet bakåt.

”Naturligtvis, fru Larsson, skall bli!” Polisen tar fram ett block och skriver hastigt på det. ”Varsågod, fru Larsson, här är kvittot på att vi mottagit herr Larssons gevär.”

De tar med sig geväret och drar sig mot dörren.

”Tack, fru Larsson, det var allt för nu, men herr Larsson kommer att få meddelanden om fortsatt förfarande. Godmiddag!”

Mormor svarar inte utan knycker på huvudet och smäller igen dörren efter de två poliserna. Från min halvöppna dörr ser jag hur hon sätter sig vid köksbordet och gömmer ansiktet i händerna . Jag smyger mig sakta fram mot henne och lägger armarna om hennes hals.

”Gråt inte, mormor, det blir nog bra igen! Om morfar blir frisk, så får han tillbaka både geväret och körkortet! Det är jag säker på!”

”Älskade lilla Lisa, så lätt är det inte! Så arg han skall bli när han får reda på det här! Jag vågar nästan inte tala om det för honom, men jag måste ju!”

Det är inte roligt när mormor berättar för morfar om körkortet och geväret. Han blir alldeles blek och stirrar på mormor.

”Käring! Vad har du gjort! Är du inte klok? Jag har ingen anledning att lämna ifrån mig varken körkort eller gevär! Nu är ju mitt liv slut!”

”Ja, men du är själv skuld till det! Fattar du inte att det här inte går längre? Du förstör för mig, du förstör för dig själv, vi kan inte leva så här längre! Fattar du?”

Mormor börjar gråta och morfar fortsätter att glo på henne.

Hans ögon är alldeles rasande, och jag vågar inte röra mig eller säga någonting. Det är så hemskt. Jag vill hem till mamma och pappa. Stackars mamma, hur skall hon orka med att få reda på det här. Jag vågar inte tänka på det nästan.

"Och tänk på Lisa!" fortsätter mormor. "Skall hon behöva vara med om detta? Och hennes mamma, vår dotter? Du tar ju död på oss alla med ditt helvetes supande! Jag trodde jag hade ett liv kvar, men du vill förkorta det, det vill du! Vi kan inte se en enda människa i ögonen efter det här. Skam känner jag! Skam över att vara gift med en alkoholist! Det är inte rättvist! Samhället borde tvångsbehandla dig, det är vad de borde. Låsa in dig tills du tvingades att bli frisk och vettig! Det är inte sant att det kan vara så här att ingen bryr sig! Jag orkar inte längre!"

Jag står blick stilla, vågar inte röra mig. Helst hade jag rusat fram till mormor och kramat henne, och jag ville krama morfar också och be dem att tycka om varandra igen. Morfar skulle lova att inte dricka en droppe till, mormor skulle bli glad igen och allt skulle bli som förr.

Men jag känner mig förstenad, tittar från den ena till den andra. Under en kort stund är allt tyst. Sedan tar mormor mig i handen och drar mig mot ytterdörren. Hon öppnar den och vi går ut i trädgården. Mormor drar ett djupt andetag och fortsätter att snyfta ljudligt.

"Lisa, Lisa, vad skall vi göra? Jag börjar bli rädd för honom, han har blivit så annorlunda efter allt det här drickandet, jag känner inte igen honom. Det är som om han inte bryr sig om sin familj längre, som om vi inte fanns. Inte ens du kan stoppa honom, han kunde väl försöka ta hänsyn till att du är här i alla fall. Nej, jag är faktiskt rädd."

"Men jag är inte rädd," piper jag fram, "morfar är inte farlig, så får inte mormor säga. Men nu tror jag att han är ordentligt sjuk. Finns det inget sjukhus som tar emot sådana som morfar? Jag tror inte att han egentligen vill att det skall bli så här? Han tycker säkert om oss allihop, det är bara det att han inte kan just nu, tror inte mormor det?"

"Nej, Lisa, det finns inget sjukhus som tar in morfar om han inte själv vill, det är den bistra sanningen. Oh, herregud, vad skall jag göra?”

På eftermiddagen kommer Maja och Kalle som vill att jag skall följa med till kojan igen. Jag ljuger och säger att jag lovat hjälpa mormor med lite saker på vinden. Tänk så gärna jag hade velat springa långt bort ifrån huset, till kojan, ha roligt, skratta och leka med Maja och Kalle, leva ett riktigt sommarlov! De svarar bara att de kommer tillbaka imorgon eller en annan dag och ser inte sura ut. De är verkligen världens bästa kompisar, Maja och Kalle!

Mormor och jag stannar ute i trädgården en lång stund och rensar lite i trädgårdslandet. Det känns i alla fall lite tröstande.

På kvällen ringer pappa och mormor talar med honom i telefon en lång stund, nästan en timme. Hon vill nog inte att jag skall höra, men det gör jag ändå. Jag måste ju få veta allt som händer. Jag bor ju här nu och vill veta allt! Mormor berättar allt som hänt med morfar, men säger att pappa inte skall berätta något för mamma än, för då kan hon bli sämre. Det tycker jag också, mamma får inte bli sämre med sin klenhet, jag vill komma tillbaka hem och ha en frisk mamma, som alla andra har. Ja, det är ju inte riktigt sant, för Hannas mamma dog ju, men det får inte min mamma göra. "Gode Gud, låt inte min mamma dö!” ber jag varje kväll i min aftonbön. Vet ju inte om det hjälper, men det spelar ingen roll, jag är säker på att Gud lyssnar, särskilt på barn. När jag hör mormor prata i telefonen med pappa förstår jag att de inte kan komma nästa vecka som det var bestämt. Mormor säger att jag kan få stanna hela lovet. Nu blir jag riktigt ledsen och det sticker i ögonen. Kommer de inte? Varför kommer de inte och hälsar på som de sagt och som var bestämt? Varför?

Mormor berättar för mig att pappa tyckte de skulle vänta lite, eftersom mamma inte var så stark ännu och att det skulle lugna ner sig lite med morfar, hans körkort och allt först. Han ville inte oroa mamma, hade han sagt, och det var ju lång tid kvar av sommaren, så det skulle nog gå bra att komma senare. Nu blir jag ändå ledsnare och orkar inte låta bli att gråta. Mormor försöker trösta mig och säger att hon skall steka pannkakor till kvällsmat, min älsklingsrätt. Inga pannkakor i världen kan göra allt bättre igen och jag är plötsligt inte ett dugg hungrig. Morfar har blivit av med både körkortet och geväret, mormor och han har skällt på varandra, mormor säger att hon inte har något liv kvar och mamma, pappa, Hannes och Anna kommer inte.

Just nu känns det som om jag inte heller har något liv kvar, men så kan det inte vara. Jag är bara tio år, och då har man ett jättelångt liv kvar. Det har alla barn, åtminstone nästan alla. Gud är inte så rättvis och snäll och god som alla prästerna säger, när han låter barn dö, det är inte ett dugg rättvist. I Sverige är det inte så många barn som dör, som tur är. Då handlar det mest om någon olycka med cykel, bil eller någon konstig sjukdom som väldigt få barn får. Men tänk i Afrika! Där dör massor av barn för att de inte har någon mat! Jag vet att det finns jättemånga rika människor i världen, mycket rikare än pappa, och då undrar jag varför de inte kan köpa mat åt alla barnen som svälter i Afrika? Det borde väl inte vara så svårt. Jag vet också att man kan skicka pengar på banken. Kanske har de inte så mycket banker i Afrika, men det går flygplan dit, det vet jag, och då kan man väl skicka pengarna i stora buntar i resväskor? Pappa säger att det är bra att ha dollar. Det är pengarna man har i Amerika, men de gäller överallt i världen. Om jag hade dollar skulle jag skicka några stycken till Afrika.

När jag blir stor skall jag åka till Afrika och hjälpa alla barnen där och ta med mig jättemycket dollar, för då har jag säkert blivit arkitekt eller något annat fint och tjänat massor av pengar. Kanske flera tusen kronor! En del vuxna säger att ”pengar är inte allt”, men då tror jag de ljuger lite för sig själva. Jag har i alla fall märkt att det är mycket lättare allting om man verkligen har pengar. Allt kostar ju så mycket.

Är man olycklig och ledsen kan man i alla fall åka någonstans, där det är varmare och trevligare, om man har råd att göra det. Och då mår man säkert bättre.

Nästa dag skiner solen rakt in i ögonen på mig och jag känner mig riktigt pigg. Jag skuttar ur sängen i ett enda språng. Mormor är redan i köket och stökar. Det känns hemtrevligt och jag har redan glömt allt det tråkiga som hände igår. Nu är det en ny dag och jag ger mormor en kram.

"Lilla Lisa, vad vill du ha till frukost, det gamla vanliga?"

Mormor ler mot mig och börjar plocka fram saker ur kylskåpet.

"En smörgås med leverpastej skulle vara gott", säger jag och tar fram en tallrik och en kopp till chokladen.

"Visst skall du få leverpastej, den är alldeles nyköpt. Vill du ha lite gurka till?"

"Nej tack, gurka tycker jag inte så mycket om, men lite tomat om mormor har."

Mormor och jag äter frukost ute på altanen och det är riktigt sommarvarmt ute.

"Var är morfar?" frågar jag lite försiktigt.

"Han har inte vaknat än, men idag har han lovat mig att ta ned saker från vindsloftet, så jag hoppas han är på benen snart."

"Skall jag hjälpa till?" frågar jag. Maja och Kalle och jag har bestämt att gå ned till sjön idag och jag skall möta dem där nere vid 11-tiden. Om mormor vill att jag skall hjälpa henne, så hinner jag inte komma i tid.

"Nejdå, Lisa, det behöver du inte alls, det här klarar morfar och jag. Ge dig iväg du med Maja och Kalle, det blir så bra!"

Jag känner mig plötsligt lite orolig på något vis, vet inte varför. Det är något konstigt med mormor och morfar, något som jag inte riktigt har klart för mig. Jag förstår ju mycket mer än de tror att jag förstår, men det är som att allt hela tiden låtsas vara, att så mycket är gömt och hemligt för mig. Mamma säger ingenting om morfar när hon ringer, det är som att hon undviker att tala om honom. Pappa pratar på lite för hastigt, jag känner inte riktigt igen honom, som att han vill att samtalet skall vara över. Jag blir så ledsen då. Är det verkligen riktigt allvarligt med mamma? Blir hon inte frisk igen? Blir inte allt som vanligt igen? Tror alla vuxna att vi barn är som leksaker, som inte känner eller vet eller förstår någonting? Några små varelser som de vuxna måste skydda, hjälpa och hålla borta från alla hemska saker? Jag vet att mamma är sjuk, eller klen som de säger. Jag vet att hon kan dö, det vet jag, men jag vill inte tänka på det. Det är inte bara gamla människor som dör, t.o.m. barn dör alldeles orättvist. Det gör ont i magen när jag tänker på allt sådant. Det är sommarlov, jag är här för att vara hos mormor och morfar, och jag är här för att ha jättekul med Maja och Kalle, dagarna skall vara varma och soliga, vi skall bada, hoppa från brädan, plocka smultron, skratta, bygga mer på kojan och bara ha sommarlov!! När jag ser bilder på barnen i Afrika, som är väldigt fattiga och kanske inte får mat så att det räcker, så ser de ändå glada ut! Jag vet inte om de verkligen är så ledsna som de borde vara, eller så går det inte att jämföra. Just nu är jag ett afrikanskt barn som är ändå ledsnare än dem.

Skall jag stanna och hjälpa mormor och morfar uppe på loftet, eller skall jag springa till Maja och Kalle? Blir det så bra då, som mormor säger?

"OK mormor, då träffar jag Maja och Kalle! Skall hämta mina badgrejor bara."

"Bra, Lisa, gör det och ta med lite saft och bullar! Jag har några tinade här, du kan ta dem! Men simma inte för långt ut, lova mig det!"

"Nejdå, vi skall vara försiktiga, var inte orolig mormor! Jag kommer hem om ett par timmar!"

Snabbt plockar jag ned bullarna och saften i ryggsäcken, tar mina badgrejor från torkstrecket och vinkar adjö till mormor. Vädret är härligt, det blåser nästan inte alls och värmen från solen känns redan. Jag springer iväg längs stigen. Några stora moln syns över träden, men de ser inte regniga ut, så det blir säkert en fin dag. Så roligt det ska bli att bada med Maja och Kalle igen! Nu skall jag hoppa hundra gånger från brädan!

Kalle och Maja vinkar redan på långt håll och ser så glada ut! Vi fortsätter alla tre mot badstranden, där vi snabbt klär av oss och får på baddräkterna. Vattnet är ljummet, inte ett dugg kallt och det är superhärligt att simma ut mot brädan, som vi skall hoppa ifrån. Kalle börjar, tar ett jättekliv längst ut på brädan och skjuter ifrån så mycket han kan. Det blir ett långt hopp. Jag följer efter och sedan Maja och nu är vi alla tre i vattnet efter tre ståtliga hopp!

”Kul!” skriker Kalle och simmar tillbaka till start.

Vi följer efter, och alla tre hoppar och hoppar massor av gånger. Vi är så upptagna med vårt hoppande att vi inte märker att tre figurer står på stranden och iakttar oss. Men nu ser vi dem. Det är Stefan och Mikael och den där Beatrice. Jag har absolut ingen lust att träffa dem igen efter den där dagen, då de lämnade mig i kojan.

”De där vill jag inte träffa”, säger jag och pekar mot stranden. Kalle och Maja tittar ditåt.

”Nej, verkligen inte”, svarar Kalle, ”vad skall vi göra? Skall vi låtsas som ingenting och bara fortsätta att hoppa, det är ju så roligt! Men snart kommer väl de och förstör allt.”

Vi ser hur de tre klär av sig och tar på badbyxor. Snabbt kastar de sig i vattnet och börjar simma mot holmen.

”Hallå, här kommer vi! Vi kan hoppa mycket längre än er, och förresten får ni inte vara på vår holme!”

”Vår holme? Är du knäpp, eller? Det här är ingens holme, och nu var vi här först!” skriker Kalle tillbaka. Att han bara törs! De måste bli jättearga! Jag vet ju hur dumma de kan vara, så jag säger till Maja att vi simmar tillbaka, det är lika bra. Maja ser lite rädd ut, och jag tycker synd om henne, så jag simmar så nära henne jag kan. Vi drar oss så långt ifrån som möjligt och gör en stor sväng mot land. Kalle stannar kvar på holmen och väntar. Nu är Stefan och Mikael och Beatrice framme, hasar sig upp på holmen och närmar sig Kalle. Maja och jag kan se dem från land. Plötsligt är de alldeles framför Kalle och vi ser hur Stefan knuffar till honom så han faller baklänges i sjön.

”Kalle!!” skriker Maja alldeles vilt. Nu är hon rädd och jag också. Än ser vi inte Kalle komma ovanför vattenytan.

”Maja, vänta här!” skriker jag och kastar mig i vattnet. Kalle måste kanske ha hjälp. Tänk om han slagit i något på botten! Jag simmar så fort jag kan och tittar då och då mot holmen. De tre står där helt stilla och stirrar mot vattenytan. Snart är jag framme och plötsligt får jag syn på Kalles huvud som dyker upp men försvinner igen. Jag försöker få fatt i en arm. Huvudet dyker upp igen, han hostar och gnyr på något konstigt vis och jag får tag i hans huvud, försöker hålla det ovanför vattnet samtidigt som jag anstränger mig att simma tillbaka mot land. Det är jättesvårt, men snart känner jag att Kalle själv hjälper till, lyckas hålla huvudet i luften och vi tar oss iland äntligen. Kalle kravlar upp på stranden, hostar hela tiden, men så småningom slutar han och lägger sig ned på stranden igen.

"Sabla skitstövlar!" säger han, "hur elak får man vara egentligen?"

Maja har kommit fram till honom och stryker honom på huvudet.

"Stackars Kalle! Du har väl inte drunknat?"

"Nejdå, Maja, men det var nära på! Tack, Lisa, jag tror nästan du räddade mig!"

Jag är så glad att jag lyckades få Kalle iland, ja, kanske hade han klarat det helt själv, men jag tror han fick en kallsup och då blir man så yr på något sätt.

"Jag tror det är bäst att vi springer hem med en gång Kalle" säger Maja och tar tag i hans hand. "Har man nästan drunknat är det säkrast att komma hem och vila."

"Vi kan väl ses imorgon, Lisa", säger Kalle, och han och Maja börjar gå hemåt.

"Javisst!" svarar jag, "men vi måste få vara i fred för de där dummingarna. Ses imorgon! Hej då!"

Jag ser redan på långt håll att boddörren är öppen. Javisst ja, mormor och morfar skulle ta ned saker därifrån. Jag vet egentligen inte varför jag inte går fram till boden utan slinker in i huset utan att de ser mig. Mormor vill kanske vara i fred med morfar, nu när hon äntligen skall få lite hjälp av honom, och jag skall inte störa dem. Bättre att de får göra färdigt där uppe på boden, och förresten får jag ju inte gå upp där. Det är för högt och farligt om man kommer nära kanten mot öppningen. Jag tar ett glas vatten och ställer mig i köksfönstret och tittar ut. Nu ser jag både mormor och morfar i öppningen. Morfar håller några bräder i famnen och går fram mot kanten. Han skall nog slänga ned dem genom öppningen. Jag skymtar mormor alldeles bakom. Nu händer något som är overkligt: mormor knuffar till morfar, och han faller rakt ned på marken. Jag hör inga ljud, men jag ser: hon knuffar honom verkligen, hon knuffar honom!

Har jag sett rätt, eller är det en dröm? Jag blir alldeles stel och stirrar på morfar som ligger helt stilla på marken nedanför bodöppningen med ansiktet mot gräset. Vad skall jag göra? Vågar inte röra mig, orkar inte tänka. Vattenglaset har jag tappat på golvet. Blundar och tittar, jo, han ligger kvar där. Det är ingen dröm, det är alldeles i verkligheten. Jag rusar upp på mitt rum och kramar Fialotta. Jag är rädd. Hör hur mormor kommer in i stugan. Jag öppnar dörren försiktigt och hör hur mormor ringer någonstans. Hör hur hon pratar fort med någon och begär en ambulans. Så lägger hon på luren och jag går försiktigt nedför trappan. Mormor får syn på mig.

”Liiisa! Det har hänt något förskräckligt! Morfar har ramlat ned från boden, han ligger där ute på marken och jag har ringt efter en ambulans!”

Jag rusar fram mot mormor och kramar henne hårt. Jag börjar gråta. Mormor gråter inte, men hon ser alldeles vild ut i ansiktet. Hon tar mig i handen och drar med mig ut mot boden där morfar fortfarande ligger alldeles stilla.

”Vi kan inte röra honom”, säger mormor, ”det är farligt att röra skadade människor, bäst att ambulansen tar hand om honom.”

Jag förstår ingenting, har aldrig varit med om att något liknande och jag känner hur jag skakar i hela kroppen. Det känns som en evighet, men det går inte så lång tid egentligen förrän ambulansen dyker upp på gården. Män kommer ut med en bår och närmar sig morfar. Mormor säger inte så mycket och männen från ambulansen börjar flytta upp honom på båren. De tar fram olika apparater som de fäster på honom och skjuter försiktigt in honom i ambulansen.

”Lisa, du kan följa med”, säger mormor.

”Nej, jag stannar hemma, det är ingen fara med mig, men ring snart mormor!”

”Javisst gör jag det, håll dig i närheten av telefonen! Klarar du dig Lisa?”

”Ja”, piper jag, ” åk nu mormor, det kanske är bråttom!”

Mormor följer med i ambulansen och jag ser den snart försvinna ut på vägen.

Nu vet jag inte längre vad jag tänker, om jag tänker alls. Allt är hemskt, hemskt!

Jag gråter och går upp på mitt rum till Fialotta, som jag kramar hårt. Det enda som finns i mitt huvud nu är att jag aldrig får berätta vad jag har sett. Jag vet inte vad som är rätt och fel, jag vet bara att det inte går att berätta, att det var mormor som knuffade morfar ut genom boddörren. Det går inte att berätta för någon, inte ens för mormor själv. Kanske för Maja och Kalle? Nej, i samma stund förstår jag att jag inte kan säga det till dem heller. Jag måste ha min egen hemlighet. Fialotta vet, men hon är ju bara en docka och kan aldrig säga något.

Jag väntar och väntar på att mormor skall ringa. Så kommer signalen och jag tar luren försiktigt. Varför jag tar den så försiktigt förstår jag inte riktigt, det känns som att den är farlig på något vis.

”Lisa, det är mormor, jag kommer hem nu!”

Hon låter inte så ledsen som hon borde göra. Har morfar inte dött i alla fall? Men det var ju hon som knuffade honom? Gjorde hon det för att han dricker så mycket sprit? Ville hon bara skrämma honom, så att han skulle sluta? Men hur kan man... jag orkar inte tänka eller försöka förstå, det är bara overkligt.

Snart rullar en bil upp på gården och mormor stiger ur. Hon ser helt grå ut i ansiktet och ögonen är alldeles blanka. Jag ser det på långt håll. Hon är alldeles annorlunda. Mormor kommer fram till mig och håller om mig.

”Morfar är död”, säger hon och kramar mig igen. Jag börjar gråta på nytt och nu blir det bara värre och värre. Jag gråter så att det stockas i halsen och jag måste kräkas. Det är det värsta jag vet, men det går inte att låta bli. Mormor gråter inte, hon ser bara grå och blek ut.

”Vi går in”, säger mormor, ”du måste få något att äta, lilla Lisa.”

På kvällen pratar mormor med mamma och pappa i telefon. Det är ett långt samtal, men jag vågar inte prata med varken mamma eller pappa nu. Jag är rädd att jag skall gråta för mycket och kanske försäga mig, tala om vad jag har sett. Mormor säger att hon tycker det är bäst att de väntar med att komma, att de inte kan göra så mycket och att det är bättre att de kommer till begravningen. Mormor säger att hon klarar av det här själv. Det låter konstigt tycker jag. Men jag har aldrig varit med om att någon i vår familj har dött, så jag vet inte hur man brukar göra. Mormor säger att eftersom morfar dog hemma, så kommer det poliser snart och de kommer att vilja prata med mig också.

Redan nästa dag kör en bil upp på gården, men det är ingen polisbil. Två farbröder kliver ur och de har inte heller poliskläder på sig, men på något vis ser de ut som poliser i alla fall.

”De är civila”, säger mormor, ”för att de inte skall väcka uppmärksamhet”.

Jag förstår inte det där ordet civila och jag förstår inte heller vad det menas med att väcka uppmärksamhet, men det är nog inte så bra känns det som. Mormor ber mig gå upp på mitt rum när hon skall tala med poliserna. Det gör jag, och den här gången stänger jag dörren, så jag hör inte alls vad mormor och poliserna säger. Efter ganska länge ropar mormor på mig och ber mig komma ner. Jag får en liten klump i halsen. De är ju i alla fall poliser och jag har aldrig talat med poliser förut om någonting.

”Hej Lisa”, säger den ena polisen och sträcker fram en hand. Jag sträcker fram min hand och känner hur stor och stark polisens hand är.

”Jag heter Bertil, och det här är min kollega Anders. Vi skulle vilja prata lite med dig. Går det bra?”

Jag får den andre polisens hand i min och den känns lite mjukare.

”Javisst”, svarar jag , och nu är klumpen i halsen borta. De verkar jättesnälla, fast de är poliser.

”Lisa, var du hemma när din morfar ramlade ned från boden?”

”Ja, jo, jag var på mitt rum”

”Hade du varit det en lång stund?”

”Nej, jag var med Maja och Kalle vid sjön, och när jag kom hem så gick jag direkt upp på mitt rum, för jag visste att mormor och morfar höll på med arbete i boden och jag ville inte störa dem".

"Hade inte mormor bett dig hjälpa till?"

"Nej, det var farligt att vara där uppe, så mormor ville inte att jag skulle vara med."

"När du kom hem från sjön, såg du mormor och morfar i boden då?"

"Neej, jag tittade ditåt, men de var nog längre in så jag såg ingen".

"Vad gjorde du när du kom upp på ditt rum?"

"Jag..... pratade lite med Fialotta, ja, hon är min docka, och sedan satte jag mig i sängen och läste om Alfons Åberg."

"Vet du ungefär hur länge du satt där innan mormor ropade på dig?"

"Neej, det vet jag inte precis, men det var en ganska lång stund. Jag undrade om de inte skulle bli färdiga snart. Jag var lite hungrig, och vi brukar äta vid den där tiden."

"Så du bara satt där och läste och tittade aldrig ut genom fönstret?"

"Neej, det gjorde jag inte."

"Tack, Lisa, det var jättesnällt av dig att prata med oss en stund."

Så säger poliserna adjö till mormor, tar henne i hand och mig också. De går ut och snart hör vi dem starta bilen och köra härifrån.

De följande dagarna blir så annorlunda. Det känns inte som att jag har sommarlov längre, allt har blivit så konstigt. Jag träffar inte Maja och Kalle om dagarna, vill helst vara hemma hos mormor, för hon måste ju vara väldigt ledsen. Det konstiga är att det inte syns på henne. Hon gråter aldrig.

Så ett par dagar innan det skall bli begravning kommer mamma, pappa, Anna och Hannes.

Mamma kramar mig jättehårt samtidigt som hon gråter hela tiden. Hon gråter när hon kramar mormor. Mamma ser svag ut, hon är blek och alla hennes rörelser är sakta. Jag vill inte släppa taget om henne, utan kramar henne om och om igen. Pappa ser allvarlig ut och pratar väldigt tyst med farmor. Jag hör inte vad de säger. Anna ser som vanligt lite halvsur ut och bryr sig inte så mycket om mig, men Hannes skrattar och bankar på mig med sina små händer. Jag tar upp honom i famnen.

"Tycker du det är roligt att komma till Lisa igen?"

"Mm... väldit loligt!"

Under hela middagen pratar mormor med mamma och pappa om hur hon ordnat till begravningen. Mamma undrar hur vi skall göra med Hannes, han är för liten att gå på begravning, kanske kan Lisa passa honom under tiden.

"Men jag vill följa med", säger jag lite försiktigt.

Jag har aldrig varit på en begravning, och jag förstår att det är väldigt sorgligt och att folk gråter och är ledsna, men jag vill ända vara med på morfars begravning. Då säger mormor att vi nog kan hitta någon som tar hand om Hannes under tiden. Mamma är klädd i grått och svart hela tiden, hon har inga kläder med färger på sig, och då ser hon ännu klenare ut tycker jag.

Mormor känns så lugn hela tiden, hon är inte så ryckig i rörelserna som hon annars alltid är på något sätt. Hon ler då och då mot oss barn, men hon gråter aldrig.

Anna ser sur ut för det mesta. Hon får sova i samma rum som jag och kvällen före begravningen, när vi håller på att klä av oss för att sova säger hon:

"Såg du morfar? Såg han ut som en döing?"

Jag tycker ordet hon säger låter dumt och fel. "Döing" säger man väl inte om sin morfar.

"Neej, jag har inte sett någon död förut, men han såg ut som han sov, och förresten vill jag inte höra det ordet!"

Jag drar täcket högt över huvudet, kramar Fialotta och kan inte låta bli att gråta en skvätt. Dumma Anna! Hon begriper ju ingenting, även om hon är 14 år!

Ingen pratar med mig mer om vad jag sett eller inte sett när morfar ramlade ut från boden. Jag vet bara att jag aldrig kommer att berätta vad jag såg. Det går bara inte. Man får inte knuffa ut personer så att de dör, och jag vet ju att folk som dödar andra kommer i fängelse. Mormor får inte komma i fängelse, då skulle aldrig mamma bli frisk igen heller tror jag. Hon skulle inte ha några föräldrar längre som hon kan träffa ibland, och allt skulle bli hemskt och fel.

Jag får följa med på begravningen och det är vackert i kyrkan med alla blommorna. Prästen säger fina ord om morfar, hur mycket han arbetat i alla sina dagar och hur mycket han betytt för oss i familjen och för många vänner. Det känns overkligt, alldeles för några dagar sedan var ju mormor så arg på honom. Tant Sigrid tyckte hon skulle skilja sig från honom. Vi sjunger ”Härlig är jorden” och ”Blott en dag” och de två psalmerna har jag redan lärt mig första versen av i skolan, så jag sjunger så högt jag kan. Jag har en mörkblå kjol och en vit blus på mig och känner mig fin, som en vuxen person. Det är inte så många personer i kyrkan, men tant Sigrid är där och farbrorn som skjutsade mig från tågstationen är också där. Han ler mot mig när jag hälsar på honom. Det serveras kaffe med smörgåsar och tårta i Församlingshemmet intill kyrkan efteråt och vi barn får saft. Så säger prästen några ord igen och läser en bön, innan det är dags att ta farväl av alla. Jag tänker på morfar, hur hans huvud hoppade över tröskeln när mormor och jag drog in honom i salen. Han hade kanske kunnat bli död redan då, men det säger jag ju inte till någon.

Mamma och pappa, Anna och Hannes stannar ett par dagar till och hjälper mormor med att ordna bland morfars kläder och saker.

De bestämmer att jag skall stanna ett par veckor till hos mormor så att hon inte blir så ensam. Själv vet jag inte riktigt vad jag egentligen vill, men jag gör som de bestämmer. Kanske kan jag fortsätta att leka med Kalle och Maja och då blir inte dagarna så ledsamma.

Pappa ger mig tio kronor när de skall resa hem och säger att jag kan köpa någon liten sak som jag vill ha, innan jag kommer hem igen. Det var länge sedan jag fick så mycket pengar och jag kramar pappa jättehårt.

”Lisa fölla me!” ropar Hannes då de sätter sig i bilen och jag får en klump i halsen.

”Lisa kommer snart hem!” ropar jag tillbaka och vinkar så mycket jag kan, ända tills bilen försvinner bakom träden.

Mormor har legat på sjukhuset en dryg vecka, och jag har besökt henne ett par gånger. Nu verkar det inte bli så många gånger till. Mormor har haft ett bra liv sedan morfar dog. Hon blommade upp, såg alltid gladare ut och fick t.o.m. många nya vänner. För mig kändes det som om hon plötsligt fick liv igen, och först kunde jag inte förstå hur det hängde ihop, eftersom morfar dött. Långt senare insåg jag att det var just därför. Det fanns ingen utväg för ett värdigt liv för mormor. Eller rättare sagt, mormor såg ingen utväg. Det var hon eller morfar som skulle ha ett liv. Det finns ingenting som ger dig rätt att döda en annan människa. Självförsvar? Nej, det låter för enkelt. Men ändå handlar det om ett visst självförsvar, ett sätt att överleva.

Mamma dog bara ett halvår efter morfar. Hennes klenhet var givetvis cancer, men då blev jag aldrig riktigt på det klara med varför, eller hur, hon var sjuk. Pappa ville skona mig kanske, men så här i efterhand hade jag velat att han berättat som det var. Jag tror inte ens Anna visste. Pappa sörjde mamma länge. Han försvann i ett mörker som inte ville ta slut. Vi barn förstod inte riktigt hur pappa led. Han ansträngde sig till det yttersta för vår skull och kämpade med de vardagliga bekymren. Grannarna ställde upp och hjälpte honom på många vis, men så småningom har jag förstått att pappa utförde något bortom det mänskliga. Två år efter mammas död träffade han en ny kvinna och så småningom flyttade hon in hos oss. Vi fick en styvmor. Hannes var fortfarande liten och behövde både passning och omsorg på ett annat sätt än Anna och jag. Anna var fortfarande "besvärlig" enligt de vuxna, men i tjugoårsåldern försvann hennes trotsighet och hon var plötsligt den härligaste systern i världen!

Själv ansågs jag nog ganska självgående och oproblematisk, men jag sörjde mamma mer än jag förmodligen visade. Pappa glömde aldrig oss barn trots att han fått en ny fru, och i det stora hela fungerade det bra.

Och nu är jag på väg till mormor, kanske för sista gången. Jag har varit hos henne varje sommar de senaste tjugo åren, ibland under några korta dagar, ibland lite längre perioder. Mormor har aldrig pratat om morfar. På något sätt känns det som om han aldrig funnits i hennes liv. När jag nämnt honom i något sammanhang har hon alltid snabbt kommit över på ett annat samtalsämne. Under några år hade hon t.o.m. en manlig bekant, som hon umgicks med. Han bodde aldrig hos henne, men hon verkade alltid så glad när han dök upp. Han var snäll mot henne, hjälpte henne med en massa göromål på tomten och i stugan, och mormor pratade ofta om hur snäll och hjälpsam Olof var. Jag var glad för hennes skull och Olof var verkligen en riktig lyckoskatt för mormor. Jag unnade henne det, även om jag ibland tänkte på hur det hade varit om morfar hade varit "normal" och inte förstört sitt liv som han gjorde. Olof blev inte så gammal, han dog också i cancer efter några år och mormor tacklade av efter hand.

De första åren efter Olofs död stannade hon kvar i sitt hus med hjälp då och då från kommunens hemtjänst. Det fungerade rent praktiskt, men mormor tappade mycket av sin livslusta. Hon strävade i trädgården om somrarna, men den växte igen alltmer och jag tror hon sörjde över det.

Det var svårt att få hjälp med den och hon hade en ganska knaper pension, som inte tillät några större utgifter utanför det vardagliga livet. Pappa och jag hjälpte henne så mycket vi kunde vid våra besök om somrarna, men det var som att hon hade gett upp på något sätt.

"Det finns inte mycket kvar av mitt liv, Lisa, jag ser slutet, det bara är så", sa hon upprepade gånger till mig. Det skar i mig att höra henne säga så där, och jag undrade ofta över varför ett liv måste kännas så?

Varför måste gamla människor känna ångest inför slutet? Bara gå och vänta? Det går inte att bara leva på minnen, det har jag förstått först nu. Luta sig tillbaka i gungstolen och vara tacksam för det liv som passerat, som man fått av den Allsmäktige? Om han nu finns? Är det lättare om man är religiös, förlitar sig på en Jesus, som kanske aldrig funnits, än mindre en Gud? Sitta på ett äldreboende och lyssna till salvelsefull dragspelsmusik med ett glas saft och en tårtbit framför sig, när man helst hade velat ha en kärleksfull partner bredvid sig, och en sillmacka med en öl framför sig? Man behöver roas, dansa, dricka vin, skratta och skoja ända in i döden! Har ingen förstått det?

Det droppar från de regntyngda träden då jag går uppför allén till sjukhuset. Skall jag se henne för sista gången? Kan hon inte rycka upp sig och leva några somrar till, så att jag kan få lära känna henne ännu bättre? Denna märkliga kvinna som under tjugo år burit på en så stor hemlighet. Är jag den enda som vet? Ja, det tror jag. Jag är en medbrottsling, hemska ord! Men det är jag. En gång var jag nära att berätta för pappa, men i sista stund ångrade jag mig. Vad hade hänt? Vet inte. Jag har ständigt intalat mig att jag gjorde rätt, att inte yppa något av vad jag såg den där gången för tjugo år sedan. Ingen skulle ha förstått, ingen skulle ha insett på samma sätt som jag, att det gällde mormors liv. Morfar hade förbrukat sitt, på eget bevåg. Han hade inte rätt att förstöra mormors liv, han fick ta sitt straff.

Jag vet, jag vet, rättssamhället fungerar inte så här. Jag skulle ha berättat vad jag såg, och mormor skulle ha tagit sitt straff. Men hade hon egentligen inte straffats tillräckligt redan? Jag såg det så, och jag har aldrig ångrat mig. Jag har inte ens haft dåligt samvete. Jag har alltid älskat mormor och jag har älskat morfar, men plötsligt gick det inte att älska båda lika mycket. Jag tog ställning, även om jag bara var tio år. Det fanns inget utrymme för att båda skulle räddas, det har jag insett då jag blivit äldre. Och jag tror det gick fort när mormor fattade beslutet, det var inget överlagt mord. Det bara skedde där uppe på uthusvinden, i samma ögonblick som morfar nådde kanten. På ett ögonblick, vips! Utan att tänka bara knuffade hon till honom. Hann han tänka något? Det skulle jag inte vilja veta.

Sjukhusdörren går trögt, och jag får anstränga mig för att få upp den. Den unkna luften av sjukdom väller emot mig, eller är det bara inbillning? Korridorerna är långa, pilar och färger som visar vägen, hiss upp till avdelning 6. Där finns mormor på rum 7. Hon har eget rum, tack och lov, med TV dessutom. Hur mycket har hon sett på TV den senaste tiden? Hon såg mycket på TV i sitt hus, räddningen under långa vinterkvällar. Naturprogram och diverse serier var hennes favoritprogram, men det hände att hon blev sittande framför sporten också, kanske mest av brist på annat. Matlagningsprogram, trädgårdsskötsel och liknande avstod hon helst ifrån. "Jag blir så trött av sådana program, där man skall göra saker hela tiden" jämrade hon sig. Jag höll med henne. TV har de senaste åren matat på med allehanda flashiga program, som nästan tvingar på tittarna tips om hur man snickrar till en veranda, bygger en liten fontän i trädgården, fyller en röding med doftande örter vid stranden av en glittrande sjö, bakar ett fluffigt bröd på tio minuter, brygger sitt eget öl i en smakfullt inredd källare utan bråte och skräp. Vips! Enkelt och problemfritt för den som inte har en grinig gubbe med en köpt öl framför sport-TV, skrikiga ungar som bara vill ha falukorv med stuvade makaroner eller en gnällig svärmor som alltid bakat ordentliga sötebrödslimpor.

Nej, mormor ville ha avkoppling framför TV:n, det kommer jag ihåg. Hon ville se nyheterna för att ta del av vad som hänt i världen, och sedan ville hon roas med naturprogram, musikunderhållning eller filmer, gärna svenska komedier. Är det så konstigt? Mormor är inte dum, även om hon bara har folkskolebildning. Hon har alltid haft sunt förnuft och förvaltat sin intelligens med de medel hon hade tillgång till. Hon är en klok kvinna.

Tankarna rusar iväg och associationerna hopar sig på varandra. Det känns som att hela mormors liv passerar revy i mitt huvud. Är det inte det som händer i dödsögonblicket? Var har jag fått det ifrån? Det kan man ju inte veta. Jo, det finns ju människor som varit nära, men som överlevt. Konstigt. Men jag känner mormor väl, kanske den som känt henne bäst av alla. Morfar förstås, men han hade fullt upp med sig själv, sitt drickande och alla sina finter för att lura mormor. Vilket destruktivt liv!

Nu är jag snart framme vid mormors dörr, rum nummer 7. Är hon vaken? Hoppas det, jag vill inte väcka henne. Sakta skjuter jag upp dörren, den går lite trögt. Jag stannar till ett slag med handen på handtaget. Det känns kvavt i rummet. I mitten, med huvudgärden mot ena kortväggen, står mormors sjukhussäng och i den ligger ett litet bylte. Jag kan inte se hennes ansikte. Den blekt gula bomullsfilten är uppdragen över huvudet. Hon ligger där som en liten fågel som ramlat ur boet. Jag skjuter till dörren försiktigt och närmar mig sängen. Mormor rör sig inte, det ser ut som om hon sover. Vänd mot fönstret ser jag hennes näsa sticka fram över filtkanten. Ögonen är slutna. Jag drar fram den enda karmstolen som finns i rummet och placerar den försiktigt närmare sängen. Tar av mig jackan och sjunker ned. Så liten hon är! Hon har sakteligen krympt ihop, kan inte väga många kilon nu. Hon ligger där så hjälplös, stackars mormor! Varför blev ditt liv så här? Du tvingades följa din dotter till graven och du tog livet av din man. Vi har en hemsk hemlighet, mormor, men jag kan aldrig berätta för någon. Det har jag ju lovat mig själv. Jag har inte ens berättat för dig vad jag såg den där sommardagen. Skall jag göra det nu? Vill du det mormor? Jag har inte bestämt mig än. Samtidigt vet jag att det här är sista tillfället. Jag kan inte vänta längre. Om jag ändå hade haft en vän inom polisen eller rättsväsendet som jag kunnat anförtro mig åt? Fått råd, fått hjälp. Om jag varit katolik hade jag kunnat bikta mig, men, egentligen, till vilken nytta? Jag vet inte ens hur det fungerar, om katoliker fortfarande biktar sig på det sätt som man ser i filmer och läser om i böcker. Är jag dum eller bara okunnig? Hur fel handlar jag?

Det rycker till lite i mormor och hon vrider på sig. Kanske vaknar hon nu! Jag vågar knappt andas. Det är fortfarande väldigt kvavt i rummet och jag måste öppna fönstret. Plötsligt visar sig en sköterska i dörren. Jag rycker till och stirrar på henne.

”Har inte fru Larsson vaknat än?” Sköterskan nickar åt mormors håll.

”Fru Larsson”! Kan hon inte säga ”Britta”? Det känns så opersonligt, men det är kanske mer av artighet mot patienterna.

”Nej, jag kom just och mormor sover, jag väntar här så länge.”

Munnen känns torr och jag frågar om jag kan öppna fönstret.

”Visst, det går bra! Om en timme skall hon ha middag, så det vore ju bra om hon vaknar innan dess!”

”Tack, jag stannar här så länge och skall se om jag kan få henne att vakna.”

Sköterskan ger mig ett hastigt leende. Det känns så maskinellt! I nästa ögonblick flimrar alla reportage om låg bemanning och stress inom sjukvården framför mig, och jag ler lite ansträngt tillbaka mot sköterskan som drar igen dörren.

Mormor, du är en sak, ett paket, som skall sova, vakna, äta din middag, sova, vakna, äta din frukost, sova, vakna...

Snart vaknar du inte mer, och innan dess måste jag prata med dig, älskade mormor!

Det rycker till lite nere vid fotändan av sängen. Mormor ändrar ställning och lägger sig på rygg. Ena ögat öppnas, och så det andra, och hon ser ut att stirra på mig. Så drar ögonen ihop sig till ett litet leende.

”Lisa”, säger hon, ”är det du som är här?”

Jag reser mig upp ur stolen och går närmare sängen.

”Ja, mormor, det är Lisa, har du sovit gott?”

”Jag sover och sover, och snart sover jag helt.”

Hon får upp ena handen som sträcker sig mot mig. Jag tar handen och kramar den lätt. Den känns kall, svag och senig, som några ben med lite skinn på.

”Har du tid att komma hit till mig, har du inte mycket att stå i Lisa?”

Rösten är tunn och hes, men hon nitar fast blicken i mina ögon.

”Jag har alltid tid för dig mormor. Hur mår du idag?”

”Likadant som igår och i förrgår och förra veckan, det blir ingen skillnad, Lisa, det vet jag.”

Hon låter nästan lite sarkastisk och jag känner hur jag får tårar i ögonen. Nej, jag vill inte bli gråtmild nu, det tycker inte mormor om. Hon har aldrig varit sentimental till sin läggning, utan på gränsen till krass. Är det omständigheterna i livet som gjort henne sådan? Jag kände henne ju inte som ung, men jag har känt henne under mycket längre tid än jag kände min egen mamma. Mormor blev både mamma och mormor för mig.

"Mormor, det är något jag måste tala med dig om. Jag tror det är dags nu."

Jag sväljer och tvekar. Hjälp mig, gode Gud, jag vet inte om jag gör rätt! Jag sitter på sängkanten och håller mormors hand i min. Tänk om jag hade kunnat fråga någon, anförtro mig åt någon, berättat vad som gnagt inom mig de senaste tjugo åren: morfars död.

"När morfar dog..." börjar jag, utan att vika blicken från hennes ansikte. Mormor reagerar, det syns i hennes ögon.

"Ja, Lisa, du såg... eller hur?" Ett svagt leende visar sig i hennes ansikte. Jag nickar, men får inte fram några ord. Jag reflekterar inte över att fråga mormor varför hon vet, eller hur hon vet, hon bara vet, och nu spelar det ingen roll längre. Hon vänder huvudet mot nattygsbordet bredvid sängen och gör en svag rörelse med handen mot lådan i bordet.

"Dra ut lådan, Lisa, där finns ett kuvert".

Jag drar ut lådan och famlar lite darrande med fingrarna. Där ligger ett kuvert och jag tar fram det. Det står "Till Polisen" på det.

"Det där brevet skall du ge till polisen, Lisa".

Jag säger ingenting utan bara stirrar på kuvertet. Det är igenklistrat.

"Mitt samvete..." säger mormor svagt, så att det knappt hörs. "Du måste ge det till polisen, lovar du det?"

Just nu kan jag inte lova mormor något, jag orkar inte tänka klart.

Det knackar på dörren och ett biträde kommer in med matvagnen. Det är dags för kvällsmaten. Jag lägger kuvertet i väskan, lutar mig över mormor och ger henne en lätt kram.

”Ät nu duktigt, mormor, och sov gott inatt, så kommer jag tillbaka imorgon.

”Tar du med brevet Lisa? Det är viktigt!”

”Ja, mormor, jag tar med brevet.”

Jag nickar åt sjukvårdsbiträdet och vänder mig mot dörren, som står halvöppen. Innan jag försiktigt stänger den, vänder jag mig mot mormor och tittar henne rakt i ögonen. Hon ler mot mig. Så fortsätter jag genom de trånga gångarna mot utgången från sjukhuset. Ute på gatan ser jag den gula brevlådan på långt håll. Jag håller brevet krampaktigt och stannar till framför lådan men lägger inte på det.

Nästa morgon ringer man från sjukhuset. Mormor är död.